名詩佳句選

詩苦를 덜어줄

詩苦를 덜어줄
名詩佳句選

常山 申載錫 編著

머리말

漢詩를 짓기 위해서는 전해 오는 名詩와 佳句를 많이 외워서 胸中에 많은 詩語를 간직하고 있어야 作詩에 임하였을 때 詩想이 풍부해지고, 作詩가 수월해진다는 것은 누구나가 다 공감하는 사실이다.

그러나 漢詩를 뒤늦게 접하는 이 들에게 있어서 그 많은 漢詩를 읽기에도 어려운 터에 외워둔다는 것은 결코 쉬운 일이 아니며 능력에도 한계가 있을 수밖에 없을 것이다.

그런 점을 감안하여 李`杜의 唐詩를 비롯한 수많은 先賢들의 시를 풀이해 놓은 여러 서책에서 시를 짓기에 참고가 될 만한 名詩 佳句들을 拔萃하였다.

詩句를 拔萃함에 있어서 내가 좋아하는 취향대로 자연풍광등에 치우치는 경향이 없지 않았으나 그런대로 活用할만하다고 생각되는 글귀를 애써 골랐다. 그리고 그 譯解까지도 譯者가 느끼는 詩意를 그대로 옮겨 그 詩語의 배경과 내면을 이해하면서 살펴볼 수 있게 하여 作詩함에 각자가 겪게 될 詩苦를 다소나마 덜 수 있도록 배려하였다.

漢詩 譯解에 걸 맞는 우리말을 따로 적어 책 뒤에 부록으로 곁들였다. 이는 自作詩의 譯解作業에도 적지 않게 참고자료로 쓸 만할 것 같아서였다.

이 책은 漢詩 공부를 하고자하는 側近 詩友들에게 어렵게만 여겨졌던漢詩에 조금 더 가까이 다가설 수 있는 媒體로서 함께 나누어 보고자 엮었고, 그분들에게 다소나마 도움이 되었으면 하는 바람이다.

2010년 12월 1일
常山 申 載 錫

引用한 書册

李太白 | 張基槿 編著 太宗出版社

陶淵明 | 張基槿 編著 太宗出版社

白樂天 | 張基槿 編著 太宗出版社

杜　甫 | 李丙疇 지음 民音社

中國의 名詩 | 김희보 엮음 도서출판 가람기획

中國漢詩眞寶 | 金弘光 編著 서예문인화

東文選 詩篇 | 民族文化推進會 민문고

松江鄭澈의 詩文學 | 金甲起 著 梨花文化出版社

漢詩語辭典 | 田鶴洙 編著 國學資料院

梅月堂 金時習 詩選 | 허경진 엮음 평민사

韓龍雲詩全集 | 만해사상 실천선양회 엮음 도서출판 장승

古典의 散策 | 李丙疇 著 民族文化文庫刊行會

韓國古典文學大系 漢詩集 | 李圭泰 編 明文堂

三韓詩龜鑑 | 金甲起 譯註 梨花文化出版社

大漢韓辭典 | 張三植 著典 省文社

名句選解 | 朴喜昌 編著 東信出版社

차 례

名詩佳句選

시 한 편 전부를 옮겨 실은 것도 있지만,
대부분 낱낱의 구절만을 옮겼음으로 연결성이 없음을 이해하기 바란다.

中國篇　五言

白髮三千丈	백발 삼천장 길이는
緣愁似箇長	슬픔 따라서 자랐건만
不知明鏡裏	명경 속 노쇠한 몰골은
何處得秋霜	어디서 얻어진 흰 서리인고?
白鷺下秋水	해오리 가을 물에 날아 내린다
孤飛如墜霜	한 마리 서리같이 사뿐 내리네.
心閒且未去	마음이 한가로워 가지를 않고
獨立沙洲傍	외로이 우두커니 물가에 섰다.
嬾搖白羽扇	깃털부채로 바람내기도 귀찮으니
裸體青林中	벌거숭이가 되어 숲속에 있으리라.
脫巾掛石壁	두건 벗어 바윗돌에 걸고
露頂灑松風	송풍에 머리 훌치어 식히네.
秋水明落日	가을 강물 석양에 눈부시네.
流光滅遠山	빛에 가려 먼 산들 안보이네.
雲色渡江秋	구름 빛 강물 건너니 가을 풍긴다.
天長落日遠	하늘이 깊어 저무는 해 멀고
江城如畫裏	강변 마을은 그림을 보듯
山晚望晴空	산은 저물되 맑다.
兩水夾明鏡	두 줄기 강은 명경인 듯 마주 비치고
雙橋落彩虹	두 다리 칠색 무지개를 엎어 놓은 듯

12

人煙寒橘柚　인가 연기에 서려 귤나무 차갑고
秋色老梧桐　가을 색조에 눌려 오동잎 늙어라.
誰念北樓上　누가 생각 했으리 북루에 올라와
臨風懷謝公　바람 맞으면서 謝公을 회상할 줄
水淨寒波流　강물이 맑아 흐르는 물 차갑다.
長干吳兒女　장강의 강남 여인들
眉目豔星月　얼굴이 달과 별 같고 　탐스러울 염. 艶과 같음
屐上足如霜　나막신 신은 발은 서리같이 희고 　나막신 극
不著鴉頭襪　아두의 버선 안신은 채 곱네.
佯羞不出來　수즙은 듯 숨어버리네. 　거짓 양
對酒不覺暝　술잔 대하니 어느덧 날 저물고
花落盈我衣　꽃은 떨어져 옷자락을 덮었네.
醉起步溪月　깨어 일어 시냇 달에 걸을 새
鳥還人亦稀　새도 없고 사람 또한 없어라.
海上碧雲斷　푸른 구름 청해 언저리에 끊겼으며
明月出天山　명월은 천산 위에 떴으나
蒼茫雲海間　고향은 구름 속에 아득해
長風幾萬里　바람은 장장 수만리 불어
山花向我笑　산꽃은 날 향해 웃음 짓고
流鶯復在茲　꾀꼬리 날아 다시 와서 우네. 　이 자
水木榮春暉　수목이 봄에 빛나며
白日照綠草　태양은 풀에 비쳐 쪼이고

落花散且飛　낙화는 지며 흩어져 날은다.

孤雲還空山　한 조각 구름 공산에 돌고

衆鳥各已歸　새들도 각기 제집에 돌아가네.

一鳥花間鳴　한 마리 새 꽃에서 우네.

春風語流鶯　봄바람 불고 꾀꼬리 울더라.

花間一壺酒　달 아래 홀로 술 들며

獨酌無相親　짝 없이 혼자서 술잔 드네.

擧杯邀明月　밝은 달님 잔 속에 맞이하니

對影成三人　달과 나와 그림자 셋이어라.

月旣不解飮　달님은 본시 술 못하고

影徒隨我身　그림자 건성 떠돌지만

暫伴月將影　잠시나마 달과 그림자 동반하고

行樂須及春　모름지기 봄철 한때나 즐기고 저

我歌月徘徊　내가 노래하면 달님은 서성대고

我舞影零亂　내가 춤을 추면 그림자 흔들대네.

醒時同交歡　깨어서는 함께 어울려 놀고

醉後各分散　취해서는 각자 흩어져 가세.

永結無情遊　영원히 엉킴 없는 교유 맺고저

相期邈雲漢　아득한 은하에서 다시 만나리.　아득할 막

天若不愛酒　하늘이 술을 사랑 않으면

酒星不在天　하늘에 술별 없었을 테고

地若不愛酒　땅이 술을 사랑 않으면

地應無酒泉　　땅에 술 샘 없었으리라.

天地旣愛酒　　하늘과 땅이 술을 한결같이 사랑하니

愛酒不愧天　　애주는 하늘에 부끄럽지 않으리

已聞淸比聖　　듣건대 창주는 성인에 비하고

復道濁如賢　　탁주는 현인과 같다네.

聖賢旣已飮　　성인과 현인을 이미 마셨거늘

何必求神仙　　하필코 신선이 되길 원할소냐.

三杯通大道　　석 잔이면 대도에 통하고

一斗合自然　　한 말이면 자연에 합친다.

但得酒中趣　　오직 술꾼만이 취흥을 알 것이니

勿爲醒者傳　　아예 맹숭이 에겐 전하지 말지어다.

此樂最爲甚　　이 즐거움 더할 나위 없도다.

春風笑入來　　봄바람 웃으며 불어오거늘

流鶯啼碧樹　　여기저기 푸른 나무 꾀꼬리 울고

羣峭碧摩天　　산봉우리 푸르고 하늘 찌르니

逍遙不記年　　노닐기에 나이도 기억 못하리.

撥雲尋古道　　구름을 헤쳐 옛길을 찾고 _{제할 발}

倚樹聽流泉　　나무에 기대 개울물 소리 듣는다.

花暖靑牛臥　　포근한 꽃에 푸른 소 눕고

松高白鶴眠　　드높은 솔에 백학이 존다.

語來江色暮　　말할 새 강 빛이 저무니

獨自下寒煙　　찬 안개 속 홀로 내려오네.

世上無知音　세상에 알아 줄 지기가 없구나.

如聽萬壑松　만학의 소나무 울듯

客心洗流水　나그네 시름 흐르는 물에 씻어 내리고

桃花帶雨濃　복숭아 꽃잎 비를 먹어 더욱 붉어라.

自愛丘壑美　산과 계곡을 사랑하여라.

高枕碧霞裏　푸른 안개 속에 높이 누운 그대여.

石徑入丹壑　돌길 따라 붉은 계곡 찾아드니

松門閉青苔　솔문 닫혔고 푸른 이끼 두텁더라.

閒階有鳥跡　층계는 한가로이 새발자국 나 있고

花雨從天來　꽃비가 하늘에서 쏟아지며

不笑亦不語　웃음도 말도 않고서

雲臥三十年　흰 구름 타고 누워 삼십년에

明月出海底　명월이 바다에서 솟아 올라와

一朝開光耀　한바탕 찬란하게 빛을 밝히며

九十誦古文　구십 넘도록 낡은 글귀 외우던　읽을 송. 외울 송

木落秋草黃　낙엽지고 가을풀 시든 계절에

群鳥皆夜鳴　새들도 놀라 밤사이 우짖는다.

性本愛邱山　성품이 본시 산을 사랑했거늘

羈鳥戀舊林　떠돌이새는 옛 숲을 그리워하고　나그네 기

池魚思故淵　연못의 물고기는 옛 물을 생각하되

榆柳蔭後簷　뒤뜰의 느릅과 버들은 그늘지어 처마를 시원히 덜고

狗吠深巷中　골목 깊은 안에 개 짖는 소리 들리고

鷄鳴桑樹顚	뽕나무 가지위에 닭이 운다.
戶庭無塵雜	뜰 안에는 잡스런 먼지 없고
虛室有餘閒	텅 빈 방은 한가롭기만 하다.
道狹草木長	길 좁고 풀 나무 우거져
夕露霑我衣	밤이슬 옷깃을 적시네. 젖을 점
此語眞不虛	그 말 참으로 빈말이 아니로다.
終當歸空無	끝내는 공과 무에 돌아가니
山澗淸且淺	산골짜기 물 맑고 얕으니
可以濯吾足	가히 내 발을 씻을 만하구나.
已復至天旭	어느덧 다시 아침 해가 돋는다.
遲日江山麗	긴긴해 강산은 가직건 곱고 가깝다
春風花草香	봄바람 불어라 꽃내음이여
泥融飛燕子	개흙이 풀리어 청제비 날고 부드러워질 융
沙暖睡鴛鴦	모랫벌 따사로와 원앙이 조네.
江碧鳥逾白	강물이 파래서 새 더욱 희고
山靑花欲燃	산 빛이 푸르러 꽃 붉게 탄다.
今春看又過	이 봄도 그렁정 또 넘어가니
何日是歸年	고향엔 어느 날에 돌아를 가노.
素月出東嶺	맑은 달이 동쪽 마루에 뜨니
遙遙萬里輝	만 리 아득히 달빛 번지고
風來入房戶	바람이 방문 사이로 스며들고
夜中枕席冷	밤중엔 베갯머리 싸늘하여라.

不眠知夕永　잠 못 들어 밤이 길어졌음 알겠노라.

終曉不能靜　밤새 조용하지 못했노라.

榮華難久居　영화는 오래 가기 어렵고

盛衰不可量　성쇠는 예측할 수 없노라.

日月還復周　해와 달이 다시 두루 돌거늘

我去不再陽　나는 잃은 세월 되찾지 못해

我願不知老　나는 늙음을 잊고 글을 배우리

値歡無復娛　즐거움마저도 다시 기뻐하지 못하고　만날 치. 당할 치

氣力漸衰損　기력조차 차츰 쇠진하고 깎이네.

前塗當幾許　앞길도 얼마 남지 않았거늘

古人惜寸陰　옛사람 촌음도 아끼라 했음에

念此使人懼　오직 두렵고 초조할 뿐이로다.

去去轉欲速　가는 세월 따라 더욱 빨리 늙으며

何用身後置　죽은 후의 조치를 왜 하리오.

日月不肯遲　세월은 걸음 멈추지 않고

四時相催迫　사시는 서로 독촉하는 듯

寒風拂枯條　찬바람 마른가지를 훌치자

落葉掩長陌　낙엽들 줄지어 길을 덮는다.

躬親未曾替　몸소 농사지으며 게을리 한 일 없거늘

拙生失其方　옹졸한 나는 살 방도를 잃었노라.

衰榮無定在　영고성쇠는 고정되어 있지 않으며

人人惜其情　사람들은 맑은 정 주기를 아끼네.

但顧世間名　오직 세속적 명리만을 쫓노라.

日暮猶獨飛　해 졌거늘 여전히 날고 있어라.

夜夜聲轉悲　밤마다 더욱 서글프게 울어라.

此蔭獨不衰　오직 시들지 않고 우거진 소나무

山氣日夕佳　가을 산기운 저녁에 더욱 좋고

秋菊有佳色　가을 국화 빛이 아름다워

一觴雖獨進　술잔 하나로 홀로 마시다 취하네.

杯盡壺自傾　빈 술 단지와 더불어 쓰러지도다.

日入群動息　해도 지고 만물이 쉴 무렵에

吾生夢幻間　삶은 꿈과 환상이거늘

何事絏塵羈　왜 진세의 구속에 매어야 하나　맬 설. 구속받을 기

故人賞我趣　마을의 옛 친구들이 나를 반기어

父老雜亂言　마을 어른 들 두서없이 떠들고

貧居乏人工　가난한 살림 손질 못하여

灌木荒余宅　뜨락 나무들 거칠게 자라

班班有翔鳥　오직 새들만이 날아올 뿐　얼룩얼룩. 얼룩질 반. 斑과 같음.

寂寂無行迹　사람 발자국 없이 적적하여라.

若不委窮達　만약 운명대로 가난을 지키지 않는다면

素抱深可惜　평생 지닌 정절 앞에 깊이 뉘우치리라.

荒草沒前庭　마구 자란 잡초는 앞뜰을 덮었노라.

晨鷄不肯鳴　새벽닭도 울지를 않으려 하며

終以翳吾情　끝내 나의 가슴이 어둡기만 하여라.

幽蘭生前庭　그윽한 난 꽃이 앞뜰에 피고

含薰待淸風　향기 품고서 맑은 바람 기다리네.

是諮無不塞　묻는 말을 흡족하게 풀더라. 물을 자

志意多所恥　뜻과 마음에 크게 부끄러워

雖無揮金事　마구 뿌리고 쓸 돈은 없으나

濁酒聊可恃　탁주라도 마시며 속을 달래리　의지할 시

閒居三十載　한적하게 살며 삼십년간을

如何舍此去　어찌 내 고향 버리고

凉風起將夕　찬바람 일자 날이 어둡고

庶以善自名　착한일로 써 스스로 이름을 내리!

鳥弄歡新節　새봄 즐기며 새들 날며 우짖고

憂道不憂貧　도를 걱정하되 가난은 걱정 말라고

學語未成音　말 배운다고 되는대로 지껄이더라.

此事眞復樂　이 모든 일 진정 또한 즐거웁구나.

藹藹堂前林　집 앞에 무성한 숲이 우거져　초목이 무성할 애

中夏貯淸陰　한 여름 시원한 그늘지고

凱風因時來　부드러운 남풍이 때맞추어 불어

園蔬有餘滋　손수 키운 채소라 맛이 좋고

淸凉素秋節　가을 되니 더욱 맑고 싸늘하여라.

遙瞻皆奇絶　멀리 보니 모두가 기기절묘 하여라.

靑松冠巖列　돌산마루 푸른 솔 줄지어 섰네.

凄凄歲暮風　세모의 겨울바람 쌀쌀히 불고

微雨洗高林　부슬비는 높은 숲을 산뜻이 씻고

朝霞開宿露　새벽 놀에 밤안개가 걷히고

衆鳥相與飛　뭇 새들 짝지어 날건만

昔欲居南村　전부터 남촌에 살고자 했음은

聞多素心人　소박하고 건실한 사람 많다기에

春秋多佳日　봄가을에는 좋은 날이 많으니

言笑無厭時　담소하며 물릴 줄을 모르더라.

杳然天界高　가을하늘은 끝없이 높기만 하네.

草木得常理　초목들도 하늘의 도리를 따라

終日無一欣　진종일 즐거움 하나도 없네.

林鳥喜晨開　숲속 새들이 날 트이자 즐거워하듯

汎隨淸壑廻　출렁출렁 맑은 계곡 따라 돌면

鬱鬱荒山裏　울창한 숲이 욱은 깊은 산중에

君子死知己　군자는 지기를 위해 목숨을 바친다.

且有後世名　오직 후세에 이름을 남기고저

孟夏草木長　초여름이라 초목 들이 자라고

衆鳥欣有託　새들은 깃들 곳을 찾아 즐겁고

日入從所憩　해가 지면 편하게 쉬더라.

怡然有餘樂　기쁜 낯으로 마냥 즐겁게 살고

且進<u>杯</u>中物　내야 술이나 들고 마냥 취하리라. _{잔속의 물건, 술}

昨暮同爲人　엊저녁엔 같은 사람이었으나

今旦在鬼錄　오늘 아침엔 명부에 이름 있더라.

肴案盈我前　안주 수북한 상을 내 앞에 두고

欲語口無音　말을 하려 해도 소리 안 나고

欲視眼無光　눈 떠보려 해도 빛이 없네,

昔在高堂寢　전에는 높은 집에 누웠으나

今宿荒草鄕　이제는 황폐한 풀밭에 묻혔노라.

沙洲夕鳥還　모래밭으로 새들이 돌아올 새

獨坐高亭上　높은 정자에 홀로 앉아서

西南望遠山　서남쪽 먼 산을 바라보네.

早蛩啼復歇　초가을 귀뚜라미 울다가 문득 멈추고

隔窓知夜雨　창 넘어 밖에 밤비 내리는 줄 알겠네.

井梧凉葉動　우물가 오동잎이 싸늘하게 나부끼고

覺來半牀月　깨어보니 침상 머리에 달빛이 환하여라.

夜深知雪重　깊은 밤에 내린 눈이 무거워

時聞折竹聲　대나무 꺾이는 소리 들려오네.

夜半獨眠覺　깊은 밤에 어렴풋이 깨어나

疑在僧房宿　승방이 아닌 가 의아해 하노라.

一歲一枯榮　해마다 한번 시들고 다시 우거지니

歲熟人心樂　풍년이라 사람들 마음 즐겁고 풍년들 숙

朝遊復夜遊　아침부터 밤 까지 마냥 놀아라

春風來海上　새해의 봄바람이 바다에서 불어오고

明月在江頭　밝은 보름달은 강물 넘어 돌아오네.

晝臥對林巒　낮에도 누워서 푸른 산을 쳐다보네.

斜月入前楹　기운 달이 앞 기둥 넘어 비쳐들 무렵

蟋蟀近牀聲　귀뚜라미 소리도 침상 머리로 다가오네. 실솔-귀뚜라미

不寢到鷄鳴　닭이 울 때까지 한잠도 못 잤노라.

親朋處處辭　이곳 저곳 친구들과 작별을 했네.

霜繁脆庭柳　서리 잦아 뜰의 버드나무 시들었고 약할 취

風利剪池荷　바람 세차 연꽃 줄기 꺾이었네.

鳥聲寒更多　새소리 겨울에 더욱 시끄럽네.

殘年多少在　얼마 남지 않은 앞으로의 여생

淸瘦詩成癖　핼쑥히 야윈 주제에 시 쓰는 버릇 있고

老來尤委命　늙어서 천명에 의탁하게 되었고

唯苦日西斜　오직 해가 짧아 걱정이리라.

此時無一盞　이럴 때 술 한 잔이 없다면

闇聲啼蟋蟀　숨어서 우는 귀뚜라미 소리 듣고 숨을 암

何計奈秋月　어찌 가을달밤 이겨 내리오?

食罷一覺睡　식사를 마치고 한바탕 낮잠을 자고

樂人惜日促　즐거운 사람에겐 해가 짧아 애석하겠고

憂人厭年賒　걱정스런 자에겐 세월 길어 염증 나겠지 멀 사

夜來南風起　밤사이 남풍이 포근히 불어오자

足蒸暑土氣　뜨거운 흙의 열기 발바닥 찌고

背灼炎天光　타는 듯한 햇살은 등을 태우건만 구을 작

力盡不知熱　일에 몰두해야 더운 줄도 모르고

但惜夏日長　긴 여름 해를 아끼며 일하노라.

今我何功德　오늘의 나 무슨 공덕 있다고

念此私自媿　농민들 생각하니 스스로 부끄럽고

盡日不能忘　하루 종일 딱한 그들을 잊지 못하겠노라.

梁上有雙燕　들보 위에 두 마리의 제비가 있어

擧翅不回顧　새끼들은 날개를 펴고 날라

隨風四散飛　뒤돌아보지 않고 바람 타고 사방으로 흩으러 지네.

麥死春不雨　봄에 비가 오지 않아 보리가 죽고

禾損秋早霜　가을 서리 일찍 내려 농사를 망쳐

凌晨荷鋤去　꼭두새벽 호미 메고 나가서 캐어도　떨 릉

薄暮不盈筐　저녁 까지 광주리에 가득 못 차네.　광주리 광

愁坐夜待晨　걱정스레 앉아서 긴 밤을 지새노라.

自問是何人　스스로 나는 어떤 잔가 물어 보노라.

何必見其面　반드시 그의 얼굴을 볼 필요가 있으랴.

但在學其心　오직 그의 마음만을 배우면 되지.

夜覆眠達晨　밤부터 이튿날 새벽 까지 덮고 자니

豈獨善一身　홀로 한 몸의 편안만을 꾀할 소냐.

所要濟生民　창생을 구제 하려는 목적에서이고

奈何歲月久　어찌하랴! 세월이 오래 흐르자

陰風生破村　음산한 한풍이 영락한 마을에 부네.

霰雪白紛紛　흰 싸락눈이 분분히 날리네.

老者體無溫　늙은이 몸에 온기가 없네.

悲喘與寒氣　비탄의 숨결과 찬바람이 함께

倂入鼻中辛	코를 찌르니 쓰리고 시큼하여라.
誰家起甲第	어느 누구 갑부의 저택이 섰는고?　第=館
棟宇相連延	우람한 대들보가 줄지어 이어졌노라.
洞房溫且淸	따뜻하고 시원하게 마련된 방에는
寒暑不能干	추위나 더위도 침범해 들지 못하네.　干=犯
低頭獨長歎	고개 떨구고 홀로 장탄식을 하거늘
借問何人家	슬며시 누구의 집인가 물으니
終朝美飯食	하루 종일 맛있는 음식을 먹고
終歲好衣裳	일 년 내내 좋은 옷만 입고 있으나
靜觀神與骨	조용히 신기와 골격을 살펴보니
合是山中人	마땅히 산중에서 살 위인이리라.
蒲柳質易朽	냇버들의 약질이라 이내 시들겠거늘
麋鹿心難馴	마음만은 뿔 사슴 같아 길들이기 어렵네.
但恐生禍因	화를 초래할까 두렵노라.
對之終自媿	대하며 스스로 무능함이 부끄럽구나.
心寬體長舒	마음 넓으니 육신도 편안하네.
充腸皆美食	속만 채우면 모두가 맛있는 음식이고
容膝卽安居	무릎 들어놓으면 그 곳이 편안한 집인데
琴聊以自娛	거문고를 적당히 타며 즐기네.
貌是天與高	모습은 천부의 고결한 품을 지니고
年深損標格	늙은 나이에 품격만을 손상했노라.
雲水重重隔	구름과 물에 겹겹이 막힌 채

靜然安且逸　조용히 편하고 마냥 한가로워라.

更無客干謁　더욱이 찾아와 만나자는 손 없고　구할 간. 뵈올 알

況有淸和天　더욱이 고르고 맑은 날씨에

身閑自爲貴　몸을 한적하게 지니면 스스로 기품도 고귀하게 된다.

何必居榮秩　어찌 꼭 영화를 누리고 높게 올라야만 할 건가　품수 질

豈唯金滿室　어찌 황금을 집에 가득 채워야 하리

偕老同欣欣　언제나 즐거웁게 부부 해로하리라.

逍遙無所爲　하는 일 없이 소요하며

寡慾淸心源　욕심 적으니 마음은 뿌리에서 맑아지고

日高尙閑臥　해가 높거늘 아직도 한가롭게 누웠네.

欣然有所遇　만날 사람을 만난 듯 기쁨에 넘쳐

夜深猶獨坐　밤이 깊어도 여전히 홀로 앉았네.

盡忘身外事　속세의 번거로움 몽땅 잊노라.

與我亦無異　그대나 내나 다를 바 없노라.

明月在前軒　명월이 앞마루에 밝을 새

與我不相見　나와 서로 못 만나 본지

於今四五年　어언 사오년이 되었네.

花開蝶滿枝　꽃이 피면 나비는 꽃가지에 가득하고

獨酌芳春酒　홀로 마시는 향긋한 봄 술로

登樓已半醺　높은 다락에 오르니 취기가 돈다.　훈훈히취할 훈

衝斷過江雲　구름을 가르며 날아간다.

咫尺愁風雨　비바람에 지척을 분간 할 수 없어

纖纖擢素手　부드럽고 하얀 손 놀리며　빼낼 탁

河漢淸且淺　은하수는 맑고 또 얕으며

誰能飢不食　배가 고프면 누가 능히 먹지 않고 견디리.

煮豆持作羹　콩을 쪄서 마실 죽을 만들고　持=以

漉菽以爲汁　콩을 삶아 먹을 즙을 만든다.　거를 록. 콩 숙

萁在釜下然　그 때 콩 껍질은 솥 아래서 불타고　콩대 기.　然=燃

豆在釜中泣　콩은 솥 안에서 울고 있다.

本自同根生　원래 같은 뿌리에서 생겨났는데

相煎何太急　왜 이렇듯 콩을 쪄서 괴롭게 할까.　急=甚

夜中不能寐　밤 깊었으나 잠 이룰 수 없어

起坐彈鳴琴　일어나 자리에 앉아 거문고를 켜본다.

薄帷鑑明月　엷은 휘장으로 밝은 달빛 비쳐들고　휘장 유

淸風吹我襟　시원한 바람 불어 옷깃을 스친다.

徘徊將何見　밖에 나가 어정거리지만 볼 것이 무엇이리.

憂思獨傷心　근심스런 생각에 잠겨 홀로 슬퍼진다.

里中有三墳　마을 안에 세 무덤이 있느니

纍纍正相似　셋은 나란히 있고 또 아주 비슷하게 생겼다.　맬 류. 잇닿다

問是誰家墓　도대체 누구 집 무덤이냐 물었더니

山水含淸暉　산도 물도 맑은 빛을 머금고 있다.

淸暉能娛人　이 밝은 빛의 변화는 곧잘 사람을 즐겁게 하노라.

遊子憺忘歸　여기 노니는 나도 돌아가기를 잊곤 한다.　수레휘장 첨

雲霞收夕霏　구름 노을, 저녁 빛을 흡수하듯 <u>사라진다</u>.　눈이펄펄날릴 비

流螢飛復息　반딧불이 반짝이고 날다가 또 사라져버린다.

陰霞生遠岫　멀리 구름과 노을 산꼭대기에 생기고

蟬噪林逾靜　매미울음 시끄러우매 숲은 더욱 고요하고　더욱 유

鳥鳴山更幽　새의 울음 들리매 산은 그로 인해 더욱 고요하다.

古木鳴寒鳥　고목에서는 처량하게 새가 울고

空山啼夜猿　인기척 없는 산에서는 밤에 원숭이가 울고 있다.

東皐薄暮望　동쪽 언덕에 올라가 저녁노을 진 들을 바라본다.

樹樹皆秋色　나무란 나무는 모두 가을빛으로 물들었고

山山惟落暉　산이란 산은 지는 햇빛에 물들었다.

相顧無相識　그들을 돌아보아도 한 결 같이 모르는 사람들 뿐

丘陵盡喬木　주위의 구릉은 교목으로 덮었느니

驅馬復歸來　나는 더 참지 못해 말 몰아 돌아간다.

日暮且孤征　해질 무렵 되었으나 홀로 계속 길 간다.

深山古木平　깊은 산에는 늙은 나무가 우거져 있도다.

秋風不相待　가을바람은 나그네를 기다리지 않아

凄然望落暉　쓸쓸하게 지는 해를 바라보고 있다.

昔記山川是　아아! 눈앞의 산천은 옛날 그대로인데

雲霞出海曙　아침 해 바다 안개 속에서 떠올라 날은 새고

淑氣催黃鳥　상쾌한 봄 기분은 꾀꼬리가 봄을 노래하게하고

行到水窮處　거닐다 어느새 물줄기 다한 곳까지 왔나니

坐看雲起時　구름 솟아오르는 것을 넋 없이 본다.

飛鳥去不窮　나는 새 끝없이 날아가고

連山復秋色	산들도 가을빛 뚜렷하다.
空山不見人	고요한 산에 사람 모습 안보이고
但聞人語響	그저 사람의 말소리만 울려 들린다.
返景入深林	저녁햇빛 깊은 숲속에 비쳐들고
復照靑苔上	새파란 이끼를 비쳐주고 있다.
深林人不知	깊은 죽림은 남에게 알려지지 않아
明月來相照	밝은 달만 나를 비추고 있다.
木末芙蓉花	가지 끝에 달린 연꽃인 듯싶은 목련
澗戶寂無人	골짜기 집에는 사람 없이 조용한데
紛紛開且落	꽃송이들 활짝 피어 떨어진다.
白雲無盡時	거기에는 흰 구름 언제나 떠 있으리라.
臨風聽暮蟬	바람을 쐬며 저녁 매미소리에 귀를 기울인다.
千里暮雲平	천리 멀리 노을 진 구름이 드리워 있다.
古木無人逕	고목만 무성할 뿐 오솔길조차 없는데
深山何處鍾	어디선가 종소리가 깊은 산에 울려 퍼진다.
空山新雨後	가을 쓸쓸한 산에 비 내리고 개어
天氣晩來秋	갠 날씨 저녁 무렵에 더욱 맑아 가을답다.
明月松間照	소나무 잎 사이로 비치는 맑은 달빛
淸泉石上流	돌 위를 흘러가는 맑은 샘물
主人不相識	이 별장 주인과는 면식이 없지만
偶坐爲林泉	이렇게 대좌한 것은 정원이 멋지기 때문이다.
莫謾愁沽酒	그러니 술 사올 생각은 아예 마시오.

囊中自有錢　내 호주머니에 돈이 있으니 그 것으로 사 마시려오.

江淸月近人　강은 맑은 물살 치고 달은 손에 잡힐 듯 가깝다.

山水尋吳越　산수가 아름다운 오월에나 가볼까.

風塵厭絡京　서울의 번거로움이 진절머리 나누나.

且樂杯中物　마음 내키는 대로 술을 즐기리니

多病故人疎　병이 잦은 몸이라 옛 친구의 발길도 뜸하다.

永懷愁不寐　이 생각 저 생각 시름으로 잠 못 이루다가

松月夜窓虛　소나무에 걸린 달을 창문으로 보고 멍청해진다.

坐觀垂釣者　낚시 드리우고 있는 사람을 흘깃 보기만 해도

徒有羨魚情　고기를 잡고 싶다는 생각이 문득 솟는다. 부러울 선

白日依山盡　누각 서쪽으로 붉은 해가 산에 기대어 지려하고

黃河入海流　동쪽으로 황하가 먼 바다를 향해 흘러가고 있다.

欲窮千里目　천리 저 멀리까지 바라볼 수 있을까 해서

更上一層樓　다시 한층 위로 올라갔느니라.

鳥雀垂窓柳　창가에 늘어진 버드나무에는 새들이 지저귀고

報道山中去　대답하는 말이 그는 산속에 가서

歸來每日斜　매일 저녁때가 되어야 돌아온다고 했다.

霞彩映江飛　저녁노을 강에 비치며 구름은 하늘을 날아간다.

日夕見寒山　해 저물어 노을 물든 가을 산을 바라보며

不知松林事　소나무 숲속에 무엇이 있을까?

潭影空人心　못 그림자는 사람의 마음을 비게 한다.

霜降夕流淸　서리 내리고 저녁 물줄기 매 맑다.

旅館聽鷄鳴　여관집에 닭 우는 소리 듣는다.

爲客五更愁　새벽되어 꿈 깨면 나는 역시 나그네라.

何日復同遊　어느 날 다시금 그들과 노닐 수 있을 건가

寒燈獨可親　외로운 등불만이 이 밤에 내 친한 상대이다.

一年將進夜　이 밤은 일 년이 바야흐로 끝나려하는 밤이며

支離笑此身　하는 일마다 뒤죽박죽인 내 몸을 웃을 따름이다.

返照入閭巷　저녁 햇빛 마을에 되비치고 있는데 　마을 려

憂來誰共語　서글픈 마음 그 누구와 말할 사람이 없구나.

古道少人行　거친 옛길 뻗쳤으나 지나가는 이 거의 없고

秋風動禾黍　가을바람만 벼와 수수를 뒤흔들고 있다.

山空松子落　산은 텅 비었고 솔방울 떨어지는 소리 들리기에

幽人應未眠　그대는 아마 아직 잠 못 들었으리라.

貴賤雖異等　신분 높은 이나 낮은 이는 계층이 서로 달라서

出門皆有營　집을 나서면 모두 영리를 찾아 일한다.

獨無外物牽　나만은 지위나 재산 따위 바깥 것에 끌리지 않고

遂此幽居情　이 그윽하고 외 따른 곳에서의 심정을 맛보고 있다.

微雨夜來過　보슬보슬 이슬비 저녁부터 내렸으며

不知春草生　이아침에 모름지기 봄풀이 싹트리라.

靑山忽已曙　푸른 산 갑자기 환히 밝아오자

鳥雀繞舍鳴　새들은 집 둘레에서 흥겹게 지저귀기 시작했다.

月黑雁飛高　달은 구름에 가려 검고 기러기 높아 소리만 들리는데

柳巷還飛絮　버드나무 길에는 버들꽃 바람에 날리고 있으며

春餘幾許時	봄도 이제 남은 날이 많지 않은가 보다.
不殊同隊魚	떼를 지어 헤엄치는 물고기와 같다. 다를 수
金璧雖重寶	금옥은 아주 귀한 보물이기는 하지만
費用難貯儲	써버리기 쉬워 저축해 두기가 힘들다, 쌓을 저
學問藏之身	그러나 학문은 몸에 지니기만 하면
身在則有餘	살아 있는 한 모두 다 쓸 수가 없느니라.
文章豈不貴	학문이라고 하는 것은 고귀한 것
時秋積雨霽	때는 가을이라 연일 내리던 비도 멎었고 개일 제
新凉入郊墟	서느러운 새 기운이 야산에 어려 있으매 큰두덕 허
豈不旦夕思	아침저녁 네 생각이 머리에서 떠나지 않으니
千山鳥飛絶	산이란 산에는 새조차 날지 않고
萬徑人蹤滅	길이란 길에는 사람 자취 끊어졌다.
孤舟簑笠翁	외로운 배 안에서 삿갓 쓴 늙은이가
獨釣寒江雪	눈 내리는 강에서 홀로 낚시질 한다.
洗手作羹湯	손 씻고서 국을 끓이고 있다.
河上空徘徊	그저 황하 근방을 헛되이 배회한다.
何處秋風至	어디서부터인지 가을바람 불어와
松下問童子	소나무 아래서 동자에게 선생님이 계시는가 물었더니
言師採藥去	스승님은 약 캐러 가셨다고 대답한다.
只在此山中	이 산속에 계신 것만은 틀림없는데
雲深不知處	구름이 깊어 어디 계신지 짐작조차 할 수 없다고.
日出霧朦朧	해가 비쳐도 안개 자욱이 피어오르고 있다. 흐릿하다

與君心不同　원래 나와 자네와는 마음이 같지 않게 마련인데

汗滴禾下土　땀방울 흘러내려 이삭 아래 흙에 스며든다.

誰知盤中餐　그 누가 알리오, 이 상위의 밥이

粒粒皆辛苦　한 알 한 알 모두가 농민의 노고의 결실임을

花開蝶滿枝　꽃이 피면 나비는 꽃가지에 모이고

花謝蝶還稀　꽃이 지면 나비는 모여들지 않는다.　꽃떨어질 사

千樹葉皆飛　나무들은 모조리 잎사귀가 떨어졌다.

更應消息稀　한층 소식은 뜸해질 수밖에 없으리라.

滿酌不須辭　철철 넘치는 잔, 이것을 앞에 두고 사양하지마시라.

花發多風雨　꽃이 피면 으레 비바람 치는 것이 이 세상의 일이니

鷄聲茅店月　닭소리 들리고, 지는 달 초가지붕에 걸려있고

暮雲千里色　저녁 구름 천리 저쪽까지 붉게 물들었고

無處不傷心　어디를 둘러보나 마음 아프게 하는 것뿐이다.

百蟲聲裏坐　온갖 벌레 떠들썩한 소리 한 가운데 앉으면

夜色共冥冥　밤의 어둠 모든 것을 싸서 고요하다.

月華澄有象　달빛은 지금 만물의 모습을 해맑게 비추고

撤曙都忘寢　새벽녘까지 나는 잠자기를 잊고 말았네.

從來無脩短　예부터 수명에는 길고 짧음이 없거늘

豈敢問蒼天　하늘을 향해 왜 일찍 죽었냐고 물으려 하지는 않는다.

山色無遠近　산 빛은 한 색깔이오, 멀고 가까운 구별이 없어.

看山終日行　이런 산 경치를 보면서 하루 종일 길을 간다.

峰巒隨處改　산등성이는 뾰족하고 둥글게 그 모양 변하지만

行客不知名　길손인 나는 그 이름 전혀 모르고 길 가고 있다.
去國頻更歲　고향땅을 떠난 지 여러 해 되지만
春生殘雪外　잔설만 없다면 벌써 봄인데
白日山川映　빛나는 태양빛은 산천을 비추고
靑天草木宜　푸른 하늘아래 초목은 때를 얻어 우거졌다.
小浦聞魚躍　작은 샛강에서 물고기 뛰는 소리에 귀 기울이고
閒雲不成雨　무심히 흐르는 구름은 비조차 몰아오지 않고
故傍碧山飛　짐짓 새파란 산을 따라 날기만 한다.
幽禽自相語　꾀꼬리 꽃 사이에서 우짖고 있을 따름이다.
江水三千里　강물 저쪽 삼천리나 멀리 떨어진
家書十五行　집에서 온 편지는 겨우 열다섯 줄
行行無別語　줄 마다 줄마다 별다른 말 없고
只道早還鄉　그저 빨리 고향으로 돌아오라는 말 뿐　道=語
一花復一花　꽃이 피고 또 피고 하는 것을 보노라면
坐見歲年易　그저 세월이 덧없이 바뀌는 것을 볼 수가 있다.
溪邊坐流水　시냇가에 흐르는 물을 바라보며 앉았노라면
水流心共閒　물의 흐름은 내 마음과 더불어 한가롭고
不知山月上　멍청하니 산위에 달이 뜬 것도 모르고 있었는데
松影落衣斑　어느덧 솔 그림자가 내 옷에 얼룩지고 있다.
晨雨過靑山　아침 비 청산을 지나가고
坐愛秋江色　멍청하니 바라보는 가을강의 경치여
三日春雨深　사흘 동안이나 봄비가 계속 내리는데
相思落花暮　꽃 지는 이 저녁에 자네 생각이 나네.

韓國篇　五言

神策究天文　신기한 계책은 천문을 다하였고
妙算窮地理　야릇한 헤아림 지리를 다했구려.
戰勝功旣高　승전의 공적이 하마 드높거니
知足願言止　만족을 알면 야 그만 멈출 일이지.
秋風唯苦吟　선들바람 불어라 안타까와도
世路少知音　세상에는 알아주는 이 없어　마음을 짐작하는 벗
窓外三更雨　한밤중 창 밖에는 비만 주루룩
燈前萬里心　등 앞에서 고향 만 리 닿는 이 마음.
旅館窮秋雨　나그네 외롭다 궂은 가을비
寒窓靜夜燈　스산한 창가에 가만한 등불
月夜瞻鄕路　달밤에 고향 길을 바라다보니
浮雲颯颯歸　구름만 스산하게 떠가는구나.
棲此雲山裏　내 낀 이 산협에 사셨던고
蕭然無夜眠　소슬도 해라, 한 밤엔 잠도 못 이루네.
秋山吐凉月　가을 산이 상큼한 달을 토하더니
中夜掛庭梧　한 밤에사 뜨락 앞 오동에 걸렸네.
衰容非壯夫　쇠한 모습 이제는 장부가 아닐레.
於塵世外遊　별천지에 와서 노닌다네.
山疊水聲幽　산이 첩첩하니 물소리 그윽하네.

白雲巖下起　흰 구름 피어나는 산허리

芳年不長在　꽃다운 청춘은 항상 있는 게 아니고

悠悠二十年　덧없어라, 이십년이 흘렀다.

時於碧雲裏　때때로 푸른 구름 속에서

常欲掩柴關　이냥 사립문 닫고 살리라.

陰風生巖谷　골짝의 찬바람 불어 닥치고

溪水深更綠　시냇물 깊어라 빛이 새파래.

倚杖望層巓　지팡이 짚고서 산마루 보니

飛簷駕雲木　날씬한 추녀 끝 구름을 탔네.

山中日亭午　햇발은 정 낮인데 산중이라서

草露渥芒履　이슬에 미투리가 흠뻑 젖어라.

古寺無居僧　옛 절이라 스님 네 살지를 않고

白雲庭滿戶　흰 구름만 뜨락에 그득하구나.

昨過永明寺　엊그제 영명사 지나던 터라

暫登浮碧樓　잠시 부벽루에 올라를 보니

城空月一片　성 위엔 조각 진 달이 비추고

石老雲千秋　바윗돌 해묵어 천년이로세.

麟馬去不返　기린은 가고서 오지를 않아

天孫何處遊　천손은 어디라 노니는 건가

長嘯倚風磴　바람결에 의지해서 휘파람 불다니

山青江自流　메 뿌리는 검푸르고 강물은 출렁출렁.

春雨細不滴　가랑비 보슬보슬 듣지 않더니

夜中微有聲　밤이자 나직나직 소리 나누나.

雪盡南溪漲　앞 시내 넘실넘실 눈도 다 녹아

草芽多少生　풀싹도 파릇파릇 돋아나렸다.

月掛一枝梧　오동나무 한 가지에 달만 걸렸네.

梅窓春色早　매화 핀 창밖의 이른 봄 경치

板屋雨聲多　판자집의 비 소리 요란하구나.

嶺雲閑不徹　한가론 고개 구름 걷히지 않고

澗水走何忙　산골 물 뭣 때문에 바삐 달리지?

松下摘松子　소나무 밑에서 솔방울 따다

烹茶茶愈香　달인 차라 맛의 향기 더하이.

獨坐無來客　찾는 손 없기로 혼자서 앉았노라니

空庭雨氣昏　고요한 뜨락에 비 기운 서려 감돈다.

魚搖荷葉動　물고가 뛰놀아 연잎이 한들거리고

鵲踏樹梢翻　까치가 앉으니 끝가지 뒤집히누나.

蕭蕭落木聲　우수수 떨어지는 나뭇잎 소리

錯認爲踈雨　성글은 비 소리로 잘못 알고서

呼僧出門看　중을 불러 창밖에 나가 보랬더니

月掛溪南樹　시냇가 나뭇가지에 달이 걸렸다네.

月白寒松夜　한송정 달도 밝다 쌀쌀한 밤에

波安鏡浦秋　물결도 잔잔하다 경포의 가을

哀鳴來又去　슬피 울며 왔다가 다시 또 가니

有信一沙鷗　저 갈매기 언제나 믿음 있고녀.

家近碧溪頭	맑은 시내 가까운 집이다 보니
日夕溪風急	저녁 되자 갯바람 세차게 인다.
脩林不逢人	외진 숲 안이라 만나는 이 없고
水田鷺影入	논바닥에 서 있는 백로 그림자.
時向返照中	해 기울어 노을이 어리인 속을
獨行青山外	혼자서 <u>모롱이</u>를 돌아 거닌다. 모퉁이
鳴蟬晚無數	저녁나절 따가운 매미의 울음
隔樹飛清籟	숲 넘어 묻어오는 바람 막지다.
讀書松根上	소나무 아래서 글을 읽노라니
卷中松子落	책장위에 후드득 지는 아람 잣
支筇欲歸去	지팡이 의지하고 돌아가자니
半嶺雲氣白	흰 구름 산허리를 감돌아든다.
浮雲過江空	뜬 구름 강 하늘을 지나는데
此理欲問之	그 까닭을 묻고자 하니
白髮秋逾長	가을이라 백발은 더욱 자라 더욱 유
神仙不可遇	신선은 만날 수가 없고
歸夢幾時休	어느제나 그칠런가 꿈길의 그 길
流水峽中出	산협을 흘러나온 물
<u>迢迢</u>何所之	아스라이 어디로 가느뇨. 멀 초
爾能達漢江	임 게신 한양까지 가거들면
吾欲寄幽思	임 그린 내 심정 부치고 지고
聊寬此日愁	애오라지 이 날의 시름을 달래렴인걸

夜潮分爽氣　밤마다 조수는 상큼해졌고

秋風滿江思　가을바람 온 강에 가득한데

斜日獨登亭　석양에 홀로 정자에 올라 배웅한다오.

幽懷何處開　그윽한 이 회포 어디서 풀겠소.

晚來情更厚　늘그막에 정분 더욱 도타워

義以同源重　바탕이 같아 의를 중히 여겼고

情緣數見親　자주 만나 정분을 친했더라오.

浮生總不眞　부평같은 인생 모두 참이 아닐레.

山眞伯仲間　산으로는 형제간이라.

吾將高處住　그 상상봉에 올라가 살며

不許俗人攀　속인일랑 얼씬도 못하게 하리.

主人客共到　주인인 둥 나그네인 둥 함께 올적엔

暮角驚沙鷗　저물녘의 갈매기 놀래더니만.

沙鷗送主客　그 갈매기 나를 배웅하고자

還下水中洲　도리혀 물 가장자리로 내려오네.

幽人初罷眠　속세를 등진 사람 첫잠을 깨보니

落月隨歸棹　지는 달 돌아드는 배를 따르고 있네.

淸音自應指　맑은 소리 절로 손끝에서 묻어나.

移席對花樹　자리 옮겨 꽃나무와 마주하고

下階臨玉泉　층계를 내려 맑은 샘에 이르러

終夜望雲天　한 밤 내 구름 낀 하늘만 바라네.

潭底見遊鱗　못물 밑에서 노니는 고기를 보네.

欲識魚之樂	물고기 노니는 즐거움 알고파
終朝俯石灘	한 나절 들 여울을 굽 드려 본다.
吾閑人盡羨	남이 사 이 몸의 한가롬 부럽다지만
猶不及魚樂	모름지기 저 낙에는 못 미치다마다.
何物得長閑	언제나 한가한 것 뭣일고?
浮雲亦多事	뜬 구름 역시나 다사하거든
飛揚遠水邊	저 멀리 물가에서 날아올라선
起滅長空裏	가뭇한 하늘에서 사라지누나.
風搖羽不整	바람 일자 사르르 깃이 헝클고
日照色增妍	햇빛에 어린 색태 더욱 고와라.
纔罷水中浴	자멱질 마치고 막 나오자마자 잠깐 재
偶成沙上眠	사장이 따사로워 조숙조숙 졸고 있네.
莫坐露松梢	오뚝한 솔가지엔 앉지를 마소. 졸가리 소
露頂更藏腰	이마만 드러내고 허리는 감추었네.
山中畏逢雨	산중이라 비를 만날까 두려워라.
淸香滿洞門	맑은 내음 동구 밖에 자욱할 텐데
天雲何處看	구름을 어디서 보는 고 하면
活水方澄井	옹달샘 맑아한 돌우물 안에서
終日自無風	진종일 바람도 한 점 없으니
一塵寧到鏡	아무리 티끌인들 미칠 것인가
茅茨對碧山	초옥에다 푸른 산 마주 대했네. 새이엉 자
回首十年事	돌이켜 십년의 일 헤아려보니

茫茫傷客心	아득하다 나그네 마음 싱숭하구려.
山雨夜鳴竹	산마을 밤비에 대숲은 울고
草蟲秋近床	가을이라 풀벌레 침상에 기어든다.
回頭已往跡	돌이켜 생각하니 그 모두 옛 일
白髮共絲絲	이제 모두 백발만 실낱같다오.
世分兼交道	세의에다 친분까지 겸하여
蒼茫二十年	까마득히 이 십 여년 사귀었다오.
殘生各孤露	여생이 제마다 외로운 이슬이라
白首淚雙懸	머리 센 늙은이 눈물만 글썽
人皆登此亭	사람들 모두가 이 정자에 올라선
悅雲不悅酒	구름만 즐기고 술은 안 즐겨
好惡萬不同	저마다 좋고 나쁨 다르다지만
卜夜開情飮	밤에 마련한 정다운 술자리.
高處碧雲留	저 하늘의 푸른 구름 머뭇거리네.
一酌延豊酒	연풍의 한잔 술 마시고나니
今人萬盧空	온갖 시름 사르르 녹아나누나. 부칠 려. 寄
深夜客無睡	나그네 한 밤에 잠이 없기로
殘年愁易生	처량한 늙은이 수심도 많아
當杯莫停手	술이란 닥치는 대로 마셔서
萬事欲無情	세상사 모르괘라, 미련도 없고 지고
萬竹鳴寒雨	싸늘한 빗소리 댓잎에 우두둑
淸風夜半起	한 밤에 맑은 바람 사르르 일자

釣罷携餘興	낚시 파하자 남은 흥에 끌려
沙頭有玉瓶	모래톱에서 한 잔 술 거나한 취흥
涕淚滿依巾	흐르는 눈물이 수건을 흥건케 하네.
簷際宿歸雲	처마 끝에 자고 가는 저 구름.
寒流對石門	석문을 마주한 시린 시냇물
吹破萬山雲	온 산의 구름을 불어 헤치네.
遠岫頻晴雨	먼 산은 덧없이 갤락 말락
漁村乍有無	강마을 냇 속에 들락 말락
孤舟一片月	외론 배에 정겨운 조각달
萬里照平湖	만 리라 평호를 비추이누나.
白知松下鶴	흰 것은 솔 아래 앉은 학이요
黃見草中牛	누런 것은 풀밭의 송아지라오.
此景無人畵	이 정경 화폭에 담는 이 없어
山翁筆下收	산옹이 시필로 옮겨 본거라오.
江草靑相合	강풀은 얼설켜 새파랗고
江雲濕不飛	강 구름 구질어 펴날지 못하고
砂風吹岸上	모래바람 사르라니 언덕위로 불어
落日放船歸	황혼에 배를 놓아 돌아들 가네.
片雨明斜日	여우비에 비낀 해 내리 쏘고 조각비, 여우비
孤雲照海天	외론 구름 바다를 비추네.
春廻山木變	봄이라 나무들 생기 감돌고
雪盡谷流添	눈 다 녹으니 골짝 물 불었오. 더할 첨

別苦杯心凸　이별이 괴로워 술잔이 우북하고
江雲片片青　강 하늘 뜬 구름 점점이 푸르구나.
世間無別恨　이 세상 이별의 한이 없다면
吾亦一杯停　그제야 나 역시 술을 끊겠구먼.
思君數行淚　임 생각의 두어 줄 눈물
獨立萬山中　온 산중에 홀로 섰다오.
此日先生醉　내 오늘 먼저 건성 취해서
狂奔暮水濱　저물녘에 미친 듯 물가로 달린다.
憶我少壯時　생각해보면 내 젊었을 때엔
無樂自欣豫　쾌락이 없어도 흔연히 즐거웠고
秋風中夜起　한 밤에 이는 싸늘한 가을바람
客夢未能夢　나그네 잠인들 어찌 원만하랴.
凄凉亦不眠　처량도 해라 외로워 잠 못 들었네.
丁寧語風伯　바람의 신이여 간절히 바라기는
莫使片雲知　조각구름 알겔랑 말아주소서
月欲到天明　밝은 달 막 솟아오르겠기에
輕生入海底　한 목숨 가벼이 바다 밑에 드나니
身榮塵易染　일신의 영화 티끌에 물들기 쉽고
心垢水難洗　마음의 때 물로는 씻을 수 없어
世路嗜甘醴　세상인심 단술만 즐기나니
香輕梅雨歇　장마 그치자 상큼한 향기 드나고
蜂蝶徒相窺　벌 나비만 멋대로 기웃댄다오.

多被春心牽	온통 춘정에 사로잡혔네.
自謂芳華色	스스로 제 꽃다운 맵씨는
松聲天畔風	솔바람 소리 하늘 바람이로다.
廻步入塵籠	속세로 돌아가는 이 발걸음을
人事盛還衰	인간사 흥망성쇠 무상도 하니
浮生實可悲	부평 같은 삶 참으로 서러워라.
自憐愁裏坐	가련타, 시름 속에 앉았자니
松老去年枝	소나무 늙었구나 예전의 가지
悠然登水閣	느긋하게 수각에 올라가서
俗客不到處	속객이 범접치 못하는 데라
登臨意思淸	올라하니 정신이 상큼도 하이
山形秋更好	가을이라 산 빛은 더욱 곱고
江色夜猶明	밤이언만 물색은 되려 밝구나.
白鳥高飛盡	갈매긴 높이 날아 가뭇해지고
孤帆獨去輕	외론 배 홀로 떠 한들거리네.
自慚蝸角上	스스럽다, 비좁은 이 세상에서
半世覓功名	반평생을 공명 따라 쏘다니다니.
霖雨夜三更	궂은비 한 밤에 구성지구나.
隔窓蟲有聲	창 넘어 귀뚜라미만 도란대누나.
自我有幽趣	그윽한 정취에 잠기고보니
知君今夕情	그대의 오늘 밤 정회를 알겠네.
庭前一葉落	뜰악엔 나뭇잎 한 둘 지고

44

床下百蟲悲　　침상 밑 벌레소리 구슬픈데

片心山盡處　　한 조각 마음은 산 다한 곳

孤夢月明時　　외론 꿈 달 밝은 때에

春草忽已綠　　어느제 봄풀은 하마 푸르고

滿園胡蝶飛　　범나비 동산 마다 훨훨 나니네.

東風欺人睡　　봄바람 살며시 잠 길로 와서

吹起床上衣　　평상위에 옷자락을 날리네.

覺來寂無事　　깨고 보니 고요와라 할 일 없는데

林外射落暉　　숲 사이 비낀 햇살 쏘아비치네.

倚楹欲歎息　　난간에 기대어 탄식하다니　기둥 영

靜然已忘機　　고요해서 어느새 자신을 잊었네.　몰아의 상태. 욕심을 버림

蒼蒼山中桂　　산 속의 검푸른 계수나무

托根臨嶮巇　　험준한 바윗서리에 뿌리 내렸네.　산가파를 희

夜月冷相照　　밤 달은 싸늘히 비추어주고

幽人夜不寐　　은사가 밤에 잠 못 이루고

待曉開窓扉　　새벽녘 기다려 창문을 여네.

曉色天外至　　하늘 저편 먼동이 터오는데

空庭尙熹微　　빈 뜰악은 아직도 희미하여라.

老面但日皺　　늙은 얼굴 나날이 주름뿐일세.　주름잡힐 준

月黑烏飛渚　　어스름달밤에 잘 새는 푸드득　물가 저

煙沈江自波　　물안개 짙게 깔린 강물은 멋겨이 흐르네.

烏外碧生煙　　물새 나니는 저 편에 푸른 안개 이네.

古樹鳴朔吹　해묵은 나무 끝에 삭풍은 일고

微波漾殘暉　잔잔한 물결에 석양이 일렁이네.

徘徊想前事　서성거리며 지난날 돌이켜 보니

山遠已不見　산마저 하마 보이지 않으니

況是城中人　두고 온 님이야 일러 무엇 하리

聽水帶愁聲　물소리 구슬프고

此時惜何物　무엇이 아까우리

能得慰人情　위로할 수만 있다면

帶雪千峰瘦　눈 덮인 봉우리는 앙상해 보이고

連村一逕幽　마을로 이어진 오솔길 그윽도 해라

遠來逢絶致　멀리서 와 절경을 만나

立馬更遲留　말 세워 다시 머문다오,　오래 머물다

老妻容寂寞　늙은 아내 안색은 쓸쓸하고

衰鬢千年鶴　허여 센 수염은 천년 학이요

辱知恩不薄　그대 은혜 고맙게 아나니

長安霖雨後　서울의 장마 그치자마자

思我遠相過　날 위해 멀리도 오셨는데　相過＝來訪

風霜改舊顔　풍상은 옛 모습을 바꾸어 놓아

平生交分厚　평생에 맺은 교분 두터우니

春去花猶在　봄은 갔건만 꽃은 이제 사 펴 있고

天晴谷自陰　갰는데도 산골이라 오히려 으슥해

杜鵑啼白晝　대낮이건만 두견새 슬피 울기에

始覺卜居深　비로소 알았네, 깊은 골에 사는 줄을

雲行四五里　구름 낀 능선 길 사오리 걸어서

漸下蒼山根　푸른 산 밑으로 점점 내려가니

烏鳶忽飛起　까마귀 소리개 푸드득 날고

始見桑柘村　저만치 뽕나무 마을이 뵈니　산뽕나무 자

靑苔滿古巷　옛 마을이라 푸른 이끼 다북하고

露冷螢火濕　차운 이슬 반딧불은 꿈뻑꿈뻑

寒蛩噪空園　철 늦은 귀뚜리는 빈 뜰에 귀뜰귀뜰

幽尋荒草徑　그윽이 우거진 풀 섶 길 접어들어

何處白須翁　어디 사는 허여 센 늙은이들이　터럭수, 수염 수

並肩來貿貿　나란히 아슴치레 닥아 오는데　눈이 흐릿한 모양

尙依恩情厚　오히려 도타운 정리 고맙소이다.

坐覺秋宵長　앉아서 긴긴 밤을 지새운다네.

老樹何鬱蒼　고목은 왜 이다지 울창도 하담.

唯餘林下菊　오로지 숲 속의 들국화만이

樓雉何雄奇　누각이 웅장하고 기이하다고　성윗담 치

微風送幽馥　가는 바람에 풍겨오는 그윽한 향기

自笑衰陋質　스스럽다 늙고 사오나운 몰골

魚龍亦驚逃　물고기조차 놀래서 달아나누나.

水底亦光照　물 밑에 앞서서 비춰있음을

此行非不遭　이 걸음 불우한 것 아니고말고

淸淨無塵慮　맑고 조찰함이 탈속하였네.

天昏山向暮　　하늘은 어둑해 산 어스름 지네.

林下問征路　　숲에서 갈 길 묻던 속뜻을

巖巖妙高峰　　우람스레 묘하고 높은 봉우리

壁立千丈直　　벼랑은 오뚝해 천 길의 낭떠러지

冬寒尙未嚴　　겨울 추위 아직은 심하지 않아

獨立違俗流　　홀로 우뚝 세속을 벗어남이여

若非入睡鄕　　꿈길에 들지 않고서야

臥作鷄林遊　　꿈에서나 고향 길에 노닌다오.

不知千里外　　어느새 천리 밖 타향에서

悠悠山下路　　유유히 산 속의 오솔길을

林無翳葉蟬　　숲에는 잎에 가린 매미도 없어

溪聲淸似雨　　물소리 깨끗해라, 빗소리 같고

入野投孤店　　날 저물자 외진 주막에 드니

村夫尙未眠　　늙은이 자지 않고 맞아주네.

草迫遊魚躍　　갯풀 밑엔 물고기 뛰나고

楊堤候鳥翔　　버들 둑엔 철새들 나니네.

喚雨鳩飛屋　　비 부르는 비둘기 지붕에 날고

歲事長相續　　철철이 농사일 끝이 없나니

終年未釋勞　　한 해가 다해도 편하지 못해　놓을 석, 풀릴 석

前途餘幾里　　앞길은 몇 리나 남았노?

晩色漸微茫　　날은 점점 저물어 오는데　희미할 미, 망망할 망

堪羨臥雲人　　부럽다마다 구름에 누우신 스님　이길 감

去歲楓欲丹　　지난해 단풍이 물들려 할 즈음
今年柳初黃　　금년엔 실버들 노랗게 눈틀 때
四時行不見　　사계는 돌고 돌아 쉬지 않으니
溪流似我心　　흐르는 저 시냇물 내 마음 같아
踈雨散如絲　　성긴 빗발 실낱같이 뿌리네.
灘險水流疾　　여울이 험하니 물살 빠르고
峰多山盡遲　　올망졸망 산봉은 끝이 없구나.
江山眞勝畫　　강산은 정작으로 그림보다 고와라.
落日寒蟬噪　　날 저물자 쓰르라미 울어대고
長天倦鳥還　　날기에 지친 새 멀리서 날아드니
雲低曠野平　　구름이 맞닿은 광야는 넙 넓어라.
園靜鳥呼群　　원정이 고요하니 새들이 무리 져 우짖는다.
點點階苔紫　　섬돌의 이끼는 점점이 붉고
茸茸徑草靑　　길섶의 풀은 다북히 푸르네. 茸茸= 풀이 무성함
殘生浮似夢　　하찮은 인생 생각사록 꿈같고
詩成誰復愛　　뉘라서 시를 쓴들 보아나 주리.
老於詩境界　　어즈버 늙었네, 시 쓰는 일로
謀却酒生涯　　두어라, 실컷 마시며 살련다.
黙笑觀時變　　세태의 변화를 씁쓸히 웃으며
山人不浪出　　산사람이라 함부로 나지 않으니 함부로 랑
古徑蒼苔沒　　오솔길 해묵어 이끼에 묻혔네.
落葉埋金井　　낙엽은 우수수 우물을 메우고

聊將倦遊興　애오라지 노니는 재미에 겨워

燒痕春色新　쥐불 자리엔 봄빛이 파릇파릇.

海霧晴猶暗　바다안개 걷히니 물빛 오히려 검푸르고

江風晚更斜　강바람 날 저물자 더욱 세차네.

水鳥浮還沒　물새는 떴다가 다시 잠기고

迎棹浪生花　거슬러 젖는 노에 물보라 튕기네.　맞을 영

七十而致仕　나이 칠십에는 벼슬을 사직하라고

禮法有明文　예법에 분명히 기록되어 있거늘

何乃貪榮者　어찌하여 영화를 탐내는 자들은

斯言如不聞　이 말을 모른 척 하는 것일까?

可憐八九十　딱하도다! 나이 팔구십이 되어

齒墮雙眸昏　이가 빠지고 두 눈이 어두운데　떨어질 타

誰不愛富貴　구군들 부귀를 좋아하지 않으며

名遂合退身　공을 세운 후에는 은퇴함이 옳도다.　이룰 수

食飽心自若　배 불리 먹으니 마음 마냥 편하고

酒酣氣益振　술이 취하니 기세가 더욱 돋아나네.

貴有風雪興　귀족들은 풍설의 흥취가 있고

富無饑寒憂　부호들은 기한의 걱정이 없네.

日中爲樂飮　낮부터 음주 환락을 벌여

夜半不能休　야반에도 끝날 줄 모르니

向晚意不適　날 저물면 마음 뒤숭숭하여 가만히 있을 수 없어

驅車登古原　수레 몰다보니 어느새 낙유원 언덕에 와 있다.

夕陽無限好　석양은 모든 것 감싸듯 아름답게 빛나고 있는데

只見近黃昏　가만 있자 황혼이 소리 없이 스며들고 있다.

雲濤煙浪最　구름 안개 파도 엉기는 먼 곳에

獨吟頻擧酒　혼자 노래 읊으면서 술잔을 거듭한다.

雨歇千山暮　개이는 비속에 산들은 저무는데

烟生碧樹間　푸른 나무 사이에서 연기가 나네.

殘星隨月落　남은별마저 달 따라 떨어지고

松窓月色新　솔숲 사이 창으론 달빛 더욱 새로운데

幽軒竹數竿　고요한 마루 앞에 대나무 두어 줄기

小庭花萬種　자그마한 뜰에는 꽃이 일만 가지

看竹復看花　대나무 보고 또 꽃을 보면

亦是一榮寵　그것도 또한 하나의 은총이어라.

洞口雲自生　동구 밖에선 구름 저절로 일어나고

晚居瀑布傍　만년에는 폭포 옆에서 살아가며

欲作清谿老　맑은 시냇가의 늙은이 되려 했더니

老去壯心在　늙어가도 젊은 마음 그대로 있어서

欣聆松院風　소나무 뜨락에 부는 바람 흔연히 듣노라. 들을 령

昔人似今人　옛사람도 요즘 사람 비슷할 테고

今人猶後人　요즘 사람도 뒷사람과 비슷할 테지.

世間若流水　세상일은 흐르는 물과 같아서

今日松下飲　오늘은 솔 밑에서 술을 마시고

雪裏看天際　눈 덮인 속에서 하늘 끝을 멀리 바라보니

飛蚊満大虛	나는 모기들만 하늘 가득 찼구나. 하늘 허
歸去逐烟霞	저녁노을 따라 돌아가네.
遙望隔雲霞	구름과 노을 저 너머를 바라다보네.
深深別有地	깊기도 깊은 별유천지라
寂寂若無家	고요하여 집도 없는 듯.
花落人如夢	꽃이 지는데 사람은 꿈속 같고
古鐘白日斜	옛 종을 석양이 비춘다.
天涯春雨薄	하늘 끝 흘러오니 봄비 가늘고
古寺梅花寒	옛 절에 매화의 꿈은 차갑다.
孤往思千載	홀로 가며 千古를 생각하노니
雲空髮已殘	구름 스러지고 머리는 희어…
秋雨何蕭瑟	왜 이리도 쓸쓸한 가을비런가
微寒空自驚	갑자기 으스스해 새삼 놀라는 것
有思如飛鶴	생각은 하늘 나는 학인 양하여
隨雲入帝京	구름 따라 서울에 들어가느니
空山多月色	산에는 푸른 달빛 흘러넘치느니
孤往極清遊	홀로 거닐며 마음껏 노니는 이 밤
一雁秋聲遠	외기러기 슬픈 울음 멀리 들리고
數星夜色多	별도 몇 개 반짝여 밤빛이 짙다.
昨冬雪如花	지난겨울 내린 눈이 꽃과 같더니
今春花如雪	이 봄에는 꽃이 되려 눈과 같구나.
雪花共非眞	눈과 꽃 참 아님을 뻔히 알면서

如何心欲裂	내 마음은 왜 이리도 찢어지는지.
遠林烟似柳	먼 숲에 안개 끼니 버들인 양하고
古木雪爲花	눈 내린 고목에는 꽃이 피었네.
無言句自得	이는 곳 자연의 시가 아닌가
不奈天機多	하늘의 조화는 끝을 모를레.
卜夜開深酌	좋은 밤 날을 잡아 주연을 베풀며
花殘紅芍藥	꽃이 이울었네, 붉은 작약 꽃.
嬌兒索父啼	어여쁜 자식들 애비 찾아 울 것이고
故作傍人低	일부러 내 옆에 나직이
牛背笛聲人	소타고 피리 부는 저 목동아
天遊吾與爾	제 멋에 사는 이 나와 너 뿐이로세.
飯牛煙草中	내 낀 풀밭에서 소를 먹이며
舊歲靑天月	예전엔 청천의 저기 저 달을
迎之白玉堂	백옥루에서 우러러 맞았었지.
如何東嶺影	어찌타 동산의 달빛 그림자.
照此竹林觴	죽림의 술잔에 비추인 다냐.
令人萬盧空	온갖 시름 사르르 녹아나누만
吟罷日無光	읊고 나니 천지가 암담하고
追到廣陵上	광나루에 뒤늦게 다다라보니
仙舟已杳冥	배는 이미 떠나 아스라이 가네.
吾與裕恒翁	나와 유항옹은
生同庚午年	경오년 동갑내기라오.
回首益沾巾	머리 돌리니 수건만 더욱 젖누나.

中國篇 七言

自愛名山入剡中	오직 명산의 풍경을 사랑하여 <u>섬중</u>에 간다.
水盡南天不見雲	남쪽을 보면 수평선에 구름도 없다.
只今惟有西江月	이제나 예나 변함없는 것은 서강에 뜬 달
誰家玉笛暗飛聲	어느 누가 부는 옥피리 소리 은은히 들려와.
何人不起故園情	그 어이 고향생각 일으키지 않을 사람 있으랴.
<u>峨眉山</u>月半輪秋	아미산에 반달이 걸리는 가을 날.
影入平羌江水流	달빛은 평양강물에 어려 함께 흐른다.
會向瑤臺月下逢	요대의 달빛 아래서나 만나 뵈오리라.
日照香爐生紫煙	해는 향로봉을 비추어 보랏빛 연기 일고
遙看瀑布掛長川	저 멀리 폭포는 긴 내를 걸어 놓은 듯
飛流直下三千尺	물줄기는 삼천 척 아래로 쏟아져 나르니
疑是銀河落九天	은하수가 하늘에서 흐르는 듯.
問余何事栖碧山	무슨 일로 푸른 산에 사느냐 기에
笑而不答心自閑	웃음으로 대답하나 마음 절로 한가로워
桃花流水杳然去	복숭아 꽃 물 따라 멀리 흘러가니
別有天地非人間	사람 살지 않는 곳의 별천지라네.
兩人對酌山花開	둘이 술잔을 마주하니 산에는 꽃이 피고
一盃一盃復一杯	한 잔 한 잔 또 한 잔에
我醉欲眠君且去	나 취해 잠들려니 그대 돌아갔다가

明朝有意抱琴來　내일 아침 생각나거든 거문고 안고 오게나.

兩岸猿聲啼不住　양 기슭에 원숭이 소리 계속 들리는 가운데

兩岸靑山相對出　양쪽 기슭에는 푸른 산이 마주 우뚝 솟아있고

欲行不行各盡觴　가려해도 참아 못가 서로 잔만 비우고 있다.

長安不見使人愁　장안을 볼 수 없어 깊은 시름에 잠기게 한다.

請君爲我傾耳聽　그대들은 나를 위해 귀 기울여 들어주게

但願長醉不用醒　그저 바라는 것은 취하여 깨지 않는 것이다.

何如一醉盡忘機　한번 취하여 모든 것 다 잊어보자. _{세속 욕념 다 잊음}

故人西辭黃鶴樓　벗이 황학루를 떠나

煙花三月下楊州　꽃피는 삼월에 양주로 가는데

孤帆遠影碧空盡　돛단배 하늘 끝에 사라지면

唯見長江天際流　끝없이 흐르는 강물만 바라보니

白雲映水搖空城　흰 구름 물에 비쳐 빈 성을 흔드는데

白露垂珠滴秋月　흰 이슬 달빛에 구슬 되어 방울진다.

好鳥迎春歌後院　봄을 맞은 좋은 새는 뒤뜰에서 노래하고

聞道春還未相識　봄이 돌아왔다고 하지만 아직 몰라서

走傍寒梅訪消息　차가운 매화나무로 달려가 소식을 찾아본다.

碧水浩浩雲茫茫　푸른 물결은 넓고 넓어 구름도 아득한데

月行却與人相隨　달은 오히려 사람 따라 어디든 쫓아오네.

海客不心隨白鷗　바다 사람은 무심하여 백구와 친한데

起舞落日爭光輝　일어나 춤을 추니 지는해는 그 붉은 빛을 다툰다.

我輩豈是蓬蒿人　우리들이 어찌 쑥밭에 묻혀 살 사람이겠는가

與爾同銷萬古愁　그대와 만고의 근심을 녹이려네. 녹일 소
朝辭白帝彩雲間　아침에 빛깔무늬 구름사이 백제성을 하직하고
輕舟已過萬重山　가벼운 배는 어느덧 첩첩산중 만산 다 누볐노라.
青天有月來幾時　언제부터 달은 하늘에 있었는지
落日欲沒峴山西　낙일이 현산 서쪽에 지려 할 새
傍人借問笑何事　열사람 무얼 웃느냐 물어보라
一日須傾三百杯　하루에 삼백 잔은 마셔야 하지
楊花落盡子規啼　버들 꽃 떨어지고 두견새 피 토해 울적에
明月樓中音信疎　밝은 달 집안에 비춰도 소식 없으리
功名富貴若長在　부귀공명이 만약에 영원토록 있다면
欲渡黃河氷塞川　황화를 건너자니 얼음에 막히고
將登太行雪滿山　태행산 오르자니 백설이 쌓였네.
風塵蕭瑟多苦顔　휘모는 풍진 속 노상 쓴 얼굴 가을바람 소리내어 분다
然後相携臥白雲　우리 함께 손잡고 백운에 누울까 하네.
天廻玉壘作長安　하늘은 옥루산을 장안으로 바꾸었네.
雙懸日月照乾坤　해와 달이 함께 천지를 비추리.
雄飛雌從繞林間　암놈 수놈 따라 날아들고
連峰去天不盈尺　연봉은 하늘과 한자도 못 되
枯松倒挂倚絕壁　메마른 소나무 절벽에 거꾸로 매달렸고
心藏風雲世莫知　가슴 속 풍운을 알지 못하고
楊花茫茫愁殺人　버들 꽃 망망할 새 시름 못 참겠구나. 어수선할 살
擧觴白眼望青天　잔을 들고 의젓하게 하늘을 바라볼 때는

56

庭前八月梨棗熟　팔월이라 앞마당의 대추와 배가 맛 들면

坐臥只多少行立　앉거나 눕기에 바쁘고 서는 것은 질색이라

强將笑語供主人　억지로 집주인이라 우스갯소리나 주고받고

老妻覩我顏色同　늙은 아내 나를 보는 낯빛은 매일반이라　볼 도

正是江南好風景　여기 바로 강남 땅 경치 좋을시고

春山無伴獨床求　봄 산을 친구도 없이 혼자 찾다니

乘興杳然迷出處　흥에 겨워 아리송하다, 나아갈 곳 희미한데

與人一心成大功　주인과 한 마음 되어 큰 공을 세웠네.

借問別來太瘦生　그사이 어찌 그리 야위었느뇨?

總是從前作詩苦　모두가 시 짓기에 골몰해서지

石田茅屋荒蒼苔　돌밭과 초가집에는 이끼가 드북하오.

昔何勇銳今何愚　예전에는 그리 날래더니 지금 왜 그리 어리석소?

昨夜東風吹血腥　어제 밤 피비린내 나는 동풍이 불어 닥치니

少陵野老呑聲哭　소릉골의 한 늙은이 소리 삼켜 통곡하며

細柳新蒲爲誰綠　실버들과 파란 창포 누굴 위해 푸르렀나?

江水江花豈終極　저 강물 저 꽃 보니 그칠 날이 있을런가?

詩成珠玉在揮毫　시상이 이루어지니 주옥은 붓끝에 나타나누나.

天寒日暮山谷裏　날씨 차운 저물녘에 산골짝을 헤매노

中夜起坐萬感集　한 밤중에 일어나 앉으니 온갖 시름 나돈다.

無數蜻蜓齊上下　하고많은 잠자리는 가지런히 위아래로 날고

檣林礙日吟風葉　기나무 숲 해를 가려 바람에 읊조리는 잎　막을 애

頻來語燕定新巢　자주 와서 조잘대는 제비 새 집을 정해 나든다.

自去自來堂上燕　멋대로 왔다 멋대로 가는 지붕위의 제비요

相親相近水中鷗　서로 친하고 서로 가까운 물 가운데 갈매기라

淸江一曲抱村流　완하계의 한 구비가 마을을 안고 흐르니

微軀此外更何求　하치않은 몸이 이밖에 또 뭣을 바라랴

憶弟看雲白日眠　아우를 생각하며 구름을 바라보다 대낮에 졸아

脣焦口燥呼不得　입술 타고 입이 마르도록 악을 써도 소용이 없어

不廢江河萬古流　강물은 끊임없어 만고에 흐른다네,

中天月色好誰看　중천의 달빛 좋다, 나밖에 누가 보는 이 없어

巫峽淸秋萬壑哀　무협의 온 골짝 가을이 싱숭하다,

我今衰老才力薄　지금은 노쇠하고 재력마저 달려 말이 아니니

巫山秋野螢火飛　외진 무산 가을밤에 반딧불 나는데

來歲如今歸未歸　내년 이맘때면 고향에 갈 건가 못갈 건가

風急天高猿嘯哀　바람세고 하늘 높고 잔나비 울음 구슬픈데

不盡長江滾滾來　저 강물 다할세라 치렁치렁 흘러가누나.

獨樹花發自分明　외론 나무에 꽃 피니 나름대로 분명키는 해

先卒貴妃俱寂寞　헌종도 양귀비도 모두 돌아가셨는데

梨園弟子散如煙　이원의 제자들도 연기와 같이 흩어지고

老夫不知其所往　늙은 나야 앞으로 갈 바도 알지 못하니

東方明星亦不遲　동녘하늘의 샛별도 머지않아 곧 지리

心懷百憂復千慮　백가지 근심과 천 가지 걱정을 품어

欲傾東海洗乾坤　동해물을 기울여 천하를 맑게 씻고 지고

老年花似霧中看　늙은 눈이라 꽃도 안개 속에서 바라보는 듯

雲白山青萬餘里　　　구름 희고 산 푸르른 저기 저 만 여리 밖.
夢斷啼鶯三兩聲　　　꾀꼬리 울어 싸서 단꿈 깨어라.
密葉翳花春後在　　　밴 잎이 가려진 꽃 늦게야 폈고
薄雲漏日雨中明　　　엷은 구름 새는 햇살 빗속에 밝아
耐寒唯有東籬菊　　　오직 동쪽 울타리의 국화만이 추위를 이기고
金粟花開曉更清　　　계수나무꽃 핀 아침 더욱 맑아라. _{계수나무꽃}
一道殘陽鋪水中　　　한 줄기 석양빛이 강물에 번지니
半江瑟瑟半江紅　　　강은 절반이 푸르고 절반이 붉었네. _{쓸쓸함}
露似眞珠月似弓　　　이슬방울 진주 같고 달은 활 같아라.
霜草蒼蒼蟲切切　　　풀 들 서리에 시들고 벌레소리 애절하며
村南村北行人絶　　　촌마을에는 오가는 사람도 없네.
獨出門前望野田　　　홀로 문전에 나가 들을 바라보니
況是秋陰欲雨天　　　비를 내릴 듯 음산한 가을 하늘 스산할 새
微微涼露欲秋天　　　차츰차츰 차가운 이슬이 짙어가고자
花時同醉破春愁　　　꽃철에 봄 시름 잊고자 함께 술 마시며
遲遲去國問前途　　　머뭇머뭇 서울을 벗어나 앞길을 물어가네.
無限秋風吹白髮　　　가을바람 끝없이 흰 수염 불어 날리네.
闇上江隄還獨立　　　어둠에 강둑에 올라 홀로 우뚝 서 있자니
水風霜氣夜稜稜　　　서리에 엉킨 강바람 밤에 더욱 차갑구나.
蘆荻花中一點燈　　　갈대꽃술 너머로 한 점 등불이 외롭구나.
雨滴梧桐山館秋　　　오동잎에 빗방울 떨어지는 산관의 가을
秋霜欲下手先知　　　가을서리 내리려나 손끝이 야릇하구나.

如今却似畵圖中	이제 바로 초상화 같이 볼품없어라.
滿窓明月滿簾霜	명월이 창문에 가득하고 싸늘한 서리 발에 엉길새
被冷燈殘拂臥牀	새벽 등에 냉랭한 이불 뒤치락대며 잠을 못자네
人人避暑走如狂	사람들은 더위를 피해 미친 듯이 갈팡질팡 하거늘
但能心靜卽身凉	오직 마음이 고요할 수 없으니 몸도 시원하리라.
曲江西岸又春風	곡강의 서쪽 언덕에 봄바람이 다시 불새
萬樹花前一老翁	만 구루 꽃나무 앞에 외로운 노인이 혼자
遇酒逢花還且醉	술 마시며 꽃 바라보며 얼근히 취했노라.
若論惆悵事何窮	슬픈 사연 끝없거늘 새삼 논해 무엇 하리
露白風淸庭戶凉	이슬 희고 바람 맑고 뜰 싸늘하여
老人先着夾衣裳	늙은이 남보다 먼저 겹옷 입었네.
巧拙賢愚相是非	잘났다 못났다 영악하다 어리석다 시비 가리지만
何如一醉盡忘機	흠뻑 취하여 속세의 간계를 잊음이 어떠하리.
蝸牛角上爭何事	달팽이 뿔 위에서 싸운들 무엇 하리
隨貧隨富且歡樂	부귀빈천 주어진 대로 즐겁거늘
一春能幾日晴明	봄철인들 맑은 날 며칠이나 되나
風吹新綠草芽折	봄바람에 신록이 나부낄 새 풀싹이 트고 _{알맞을 절}
雨灑輕黃柳條濕	사뿐히 내리는 비에 연황색 버들가지 물이 트네.
君知天地中寬窄	그대 아는가? 천지는 끝없이 넓으면서도 <u>좁아</u>
風廻雲斷雨初晴	바람 되돌아 구름 흩고 비 멈추어 날이 밝을 새
返照湖邊暖後明	반사하는 석양빛에 호수는 다시 포근하고 밝아라.
亂點碎紅山杏發	만발한 산 살구꽃이 울긋불긋 어지럽게 얼룩 졌고

舌澁黃鸝語未成	혀가 떫은 노란 꾀꼬리 소리 아직 서투른 듯
年年衰病減心情	해마다 병으로 시들어가니 흥겨움도 덜하여라.
心泰身寧是歸處	몸과 마음 태평하면 그것이 바로 귀의할 곳이거늘
故鄕何獨在長安	어찌 오직 나의 고향이 장안에만 있다 하겠느냐
貧窮心苦多無興	가난에 쪼들리면 마음고생 많으니 흥이 안 나고
富貴身忙不自由	부귀를 누리면 몸이 바빠 자유롭지 못하노라.
胸中消盡是非心	가슴 속에는 시비를 따지는 극성도 사라졌으며
松樹千年終是朽	천년 소나무도 결국은 시들어 넘어지고
何須戀世常憂死	어찌 현세에만 연연하고 죽기를 두려워하나.
生死去來都是幻	살고 죽고 가고 오는 일이 모두가 꿈이거늘
不出門來又數旬	문밖으로 안 나간지도 벌써 수 십일이 되었거늘
自靜其心延壽命	스스로 마음을 허정하면 수명도 길어질 것이고
無求於物長精神	악착같은 물욕을 버려야 정신이 맑고 높아지리
能行便是眞修道	이렇게 하는 것이 바로 참된 수도이니라.
直下無底傍無邊	바닥도 없고 가도 없으며
蓬萊今古但聞名	봉래산은 자고로 이름뿐이며
煙水茫茫無覓處	안개 파도 아득해 찾을 수 없네.
海漫漫而風浩浩	바다 아득하고 바람 심할 새
眼穿不見蓬萊島	눈 비벼 찾아도 봉래도 없었네.
畢竟悲風吹蔓草	결국 슬픈 바람이 풀을 쓸고 있을 뿐
紅顔暗老白髮新	홍안 이미 늙고 백발 성했네.
零落年深殘此身	모두 늙어 죽고 이 몸만이 남았노라.

憶昔吞悲別親族　슬픔 삼키고 가족과 헤어져

夜長無寐天不明　잠 못자는 긴 밤에 하늘도 밝지 않네.

蕭蕭暗雨打窓聲　촉촉이 내리는 밤비 창에서 우네.

鶯歸燕去長悄然　꾀꼬리와 제비 가자 더욱 외롭고 　근심할 초

春往秋來不記年　봄 가고 가을 와도 세월 모른 체

今日宮中年最老　이제는 궁중에서 가장 나이 많다고

絃鼓一聲雙袖擧　음악소리 맞추어 두 소매 펼쳐들고

夜深不敢使人知　깊은 밤에 아무에게도 알리지 않고

至今風雨陰寒夜　지금에도 비바람 치는 음산하고 찬 밤에도

直到天明痛不眠　아프고 쑤셔 이튿날 아침까지 잠 못 잔다오.

且喜老身今獨在　늙은 몸이나마 홀로 남아있음을 기뻐하노라.

身死魂孤骨不收　몸은 죽고 넋도 외롭고 뼈도 거두지 못했으며

雲陰月黑風沙惡　구름 어둡고 달없는 칠야에 모래바람 험하게 불며

朱樓紫殿三四重　붉은 누각 푸른 전각 겹겹이 찼네.

山蟬鳴兮宮樹紅　산 매미 울며 궁 안의 수목들 단풍이 드네.

五雲飄飄飛上天　오색구름 훨훨 타고 우화등선 하였으나

柳似舞腰池似鏡　버들은 무녀의 허리 같고 연못은 거울 같구나.

花落黃昏悄悄時　꽃 떨어진 황혼에는 더욱 쓸쓸하고 우울하며

不聞歌吹聞鍾磬　옛 노래 안 들리고 은은한 풍경소리만 울리네.

尼院佛庭寬有餘　여승의 암자나 절 뜰은 넓고 한가롭기만 하네.

歲種薄田一頃餘　해마다 메마른 백 여 이랑 밭을 갈아먹거늘

三月無雨旱風起　올 삼월에는 비 안 내리고 깡마른 바람만 불어

麥苗不秀多黃死　보리 싹 피어나지 못한 채 노랗게 말라 죽어

九月降霜秋早寒　구월에 서리 내리고 초가을부터 얼어붙어

織者何人衣着誰　누구는 짜고 누구는 입는가?

夜來城外一尺雪　밤사이 눈이 내려 성 밖에 한자나 쌓이자

白日無光哭聲苦　태양조차 날빛을 잃고 울음소리 처량하구나.

不如林中烏與鵲　우리 신세는 숲속에 있는 까막까치만도 못하구나.

花落隨風子在枝　바람 따라 꽃 지고 열매만 가지에 남았노라.

心雖甚長計非久　생각은 후일에 미치나 실제로는 오래가지 못하네.

窮奢極麗越規模　지극히 호사스럽고 자기 신분에 넘는 집을 지어

撫掌回頭笑殺君　그들은 손 벽치나 뒤돌아 그대를 비웃으리라. ^{大笑}

養在深閨人未識　깊은 규중에서 아무도 모르게 자라났으나

天生麗質難自棄　천생의 아름다움 그대로 버려지지 못하리.

廻眸一笑百媚生　돌아보며 방긋 웃는 품에 싱싱하니 미태가 넘치고

溫泉手滑洗凝脂　부드런 온천수로 토실토실 기름진 살을 씻어내네.

不重生男重生女　아들 낳기보다 딸 얻기를 높이게 했노라.

盡日君王看不足　임금은 넋 잃고 진종일 물릴 줄 모르고 쳐다 봐

落葉滿階紅不掃　섬돌위에 낙엽이 붉게 쌓여도 쓸어줄 이 없어라.

夕殿螢飛思悄然　어둔 밤 궁전에 나는 반딧불 보니 더욱 처량타.

魂魄不曾來入夢　혼백조차 한 번도 품속에 찾아오지 않는구나.

梨花一枝春帶雨　한 가지 배꽃이 봄비에 젖은 듯

楓葉荻花秋瑟瑟　단풍잎 갈대꽃이 소슬대는 가을이 쓸쓸하구나.

醉不成歡慘將別　감흥 없는 취기 속에 이별의 정만이 처절하고

別時茫茫江浸月　작별할새 망망한 강물에는 달빛 창백하게 어렸네.

未成曲調先有情　아직도 타지않은 곡조건만 벌써부터 정이 담겼네.

唯見江心秋月白　오직 강물속까지 가을달이 창백하게 비추고 있네.

今年歡笑復明年　올해도 즐겁게 웃고 또 이듬해에도 거듭하여

秋月春風等閒度　가을은 달 봄에는 꽃 따라 건달세월 보냈노라.

遶船明月江水寒　배를 맴도는 밝은 달빛에 강물이 더욱 차가워라.

夜深忽夢少年事　깊은 밤 문득 화려했던 옛날을 꿈속에 되새기며

相逢何必曾相識　이렇듯 만났으니 굳이 지난날의 면식을 논하리.

其間旦暮聞何物　자나 깨나 조석으로 무슨 소리를 듣겠는가?

杜鵑啼血猿哀鳴　피 토하는 두견새와 애절한 원숭이 울음뿐이요.

如聽仙樂耳暫明　마치 신선의 음악 듣는 귀가 번쩍 트였노라.

莫辭更坐彈一曲　사양 않고 다시 앉아 한 곡 더 타준다면

或伴遊客春行樂　봄에는 놀이꾼과 짝지어 행락하고

吾今已年七十一　지금 내 나이 이미 칠십 일세로

眼昏鬚白頭風眩　눈 어둡고 수염 희고 정신 흐리니

卽先朝露歸夜泉　아침 이슬보다 빨리 황천에 가리

力拔山　氣蓋世　내 힘은 산을 빼고 기운은 세계를 덮을 만하다.

時不利兮騅不逝　시세가 나빠졌고 애마 추도 나아가지 않는구나.

騅不逝兮可奈何　추가 나아가지 않으면 꼼짝할 수가 없다. _{往, 死}

虞兮虞兮奈若何　우여우여 사랑하는 너를 어찌 할고! _{騅= 白地 褐色 毛斑}

一朝臥病無相識　어느 날 병들어 눕게 되자 친구조차 발길 뜸하고

三春行樂在誰邊　봄의 행락 어디에 갔는지 흔적조차 남지 않았다.

惟有黃昏鳥雀悲	오직 황혼에 새들만이 슬프게 지저길 뿐이다.
山上惟聞松柏聲	산위의 송백소리만 들려올 뿐이다.
二月垂楊未掛絲	이월인데 수양버들은 싹틀 엄두도 내지 않는다.
日見孤峰水上浮	날마다 눈에 띄는 호수위에 우뚝 솟은 한 봉우리
心隨湖水共悠悠	마음은 호수와 더불어 언제나 유유하다.
何處春江無月明	어느 봄날 강에 또 달리 이런 달빛이 있으리오.
月照花林皆似霰	달빛이 꽃술을 비추니 꽃은 마치 싸락눈을 뿌린듯
皎皎空中孤月輪	공중에 홀로 걸려있는 달은 하얗게 빛나고 있다.
不知江月照何人	이 밤의 강월은 누구를 비추는지 알 수가 없다.
但見長江送流水	단지 눈앞의 장강만은 옛 처럼 흐르고 있다.
鴻雁長飛光不度	기러기 길게 떼 지어 날아가는 곳만 빛이 가리고
魚龍潛躍水成文	물고기는 수면에 뛰어 물에다 무늬를 짓고 있다.
江水流春去欲盡	강물은 봄을 흘러 보내어 이 봄도 가려하고
江潭落月復西斜	강물에 저문 달도 서쪽 하늘에 걸려 지려고 한다.
百歲曾無百歲人	백 살이 되도록 산 사람은 없도다.
今日殘花昨日開	오늘 시든 꽃도 어제는 예쁘게 피어있었지.
草色全經細雨濕	하찮은 풀은 보슬비 맞아 물기가 감도는데
花枝欲動春風寒	꽃가지는 봉우리를 벌리려 하지만 봄바람 차갑네.
草色青青柳色黃	풀빛은 푸르며 버들 움은 노랗고
桃花歷亂李花香	복숭아꽃 흐드러지며 살구꽃 향기 그윽하다.
水滿清江花滿山	물은 맑은 강에 차 있고 꽃은 산에 가득하다.
芳樹無人花自發	꽃나무 주변에는 사람도 없어 꽃 홀로 피고

春山一路鳥空啼　봄산에 한 줄기 길에 사람 없어 새 홀로 울고

微風林裏一枝輕　미풍이 숲속을 불라치면 여린 가지 가벼이 흔들려

極目蕭條三兩家　주위는 쓸쓸하고 서너채 집만이　눈에띠는 모든 것

庭樹不知人去盡　뜰의 나무는 옛 사람 가고 없는 줄 모르는 듯

春來還發舊時花　봄이 오면 옛 가지에 꽃을 피우고 있다.

水碧沙明兩岸苔　물 푸르고 모래 희며 양 기슭에 이끼 돋는 절경

日日河邊見水流　매일처럼 강가에서 흐르는 물을 보고

春城無處不飛花　봄이 오니 성 곳곳에 낙화가 아닌 곳이 없다.

寒食東風御柳斜　한식날 동풍으로 궁성 버드나무 쏠린다.

獨憐幽草澗邊生　홀로 마음 끌려 골짜기 시냇가에 돋은 풀 보고

上有黃鸝深樹鳴　머리위에 꾀꼬리가 무성한 나무에서 우짖고 있다.

江村月落正堪眠　강촌에 달이 지고 마침 잠자기 좋은 때이다.

唯在蘆花淺水邊　갈꽃 핀 얕은 물가에서 더 길게야 어디 갈라고

月落烏啼霜滿天　달 지고 까마귀 울며 서리 기운 대기 속에 차네

東風吹雨過青山　봄바람은 비를 불어와 청산을 스쳐지나가고

却望千門草色閒　돌이켜 장안을 보면 풀잎 푸르러 한가롭다.

川原繚繞浮雲外　강과 들은 변함없이 와 구름 저쪽까지 이어있고

自慙青蒿倚長松　쑥대가 큰 소나무에 기댄 듯한 생활이라 부끄럽다

春山處處行應好　봄날 산은 그 어디가나 좋기 마련이어서

明年各自東西去　명년에 각자가 동서로 나누어 버린다면

此他看花是別人　여기 함께 꽃볼 사람은 모름지기 다른 사람이겠지

今夜月明人盡望　이 밤에 밝은 달빛을 그 누가 바라보겠으나

不知秋思在誰家　가을밤 감상에 젖은 사람은 그 뉘 집에 있는가

水面魚身總帶花　맑은 물에 헤엄치는 물고기도 꽃빛이 물들었다

人世不思靈卉異　인간세상 사람들은 꽃의 영묘한 아름다움을 몰라

暗風吹雨入寒窓　어둠속 비바람이 창문으로 싸늘하게 불어든다.

自古逢秋悲寂寥　예부터 가을이 오면 쓸쓸함을 슬퍼하노라.

我言秋日勝春朝　내 말하건대 가을날은 봄 아침보다 나으리라고

晴空一鶴排雲上　맑은 하늘에 한 마리 학이 구름 헤치며 오르고

便引詩情到碧空　가을은 시정을 끌고 푸른 하늘에 오르는 것

暮煙秋雨過楓橋　늦안개 속에 가을비에 풍교를 건너던 일 ^{地名}

遠山寒山石徑斜　멀리 쓸쓸한 산길 오르니 자갈길 경사져 이어있고

白雲生處有人家　흰 구름 일어나는 곳에 아련히 인가가 있다.

停車坐愛楓林晚　수레 멈추고 황혼진 단풍 숲을 멍하게 바라본다.

霜葉紅於二月花　물든 잎은 봄철 꽃보다 한층 더 빨갛다.

千里鶯啼綠映紅　넓은 들에 꾀꼬리 울고 초록은 붉은 꽃에 비친다

水村山郭酒旗風　갯마을 산동네에 술집 기가 봄바람에 나부낀다.

多少樓臺烟雨中　꾀 많은 누대가 뽀얀 봄비 속에 흐릿하게 보인다.

山雨欲來風滿樓　산에서 비가 쏟아지려 바람은 누각에 불어온다.

鳥下綠蕪秦苑夕　새는 황혼의 진나라 궁원 잡초에 내리고

蟬鳴黃葉漢宮秋　매미는 한나라 궁정의 누런 잎에서 울고 있다.

獨上江樓思渺然　홀로 강가 누각에 오르니 생각은 끝없이 펼쳐져

月光如水水連天　달빛 물처럼 맑게 개고 강물 하늘에 이어져 있다.

東風無力白花殘　봄바람 역시 힘이 없고 모든 꽃도 시들어버렸다.

白菊開時最不眠	흰 국화 필 때 나는 더욱 잠 이루지 못한다.
自歎多情是足愁	스스로 탄식함은 원래 다정하여 시름이 많음이니
況當風月滿庭秋	하물며 풍월이 마당 가득 비치는 계절임에랴
綠樹陰濃夏日長	초록나무 짙은 그림자의 여름 날 길기도 한데
樓臺倒影入池塘	누각은 그 그림자를 거꾸로 연못에 비치고 있다.
一架薔薇滿院香	선반 가득 핀 장미꽃 향기가 저택 가득 풍긴다.
江雨霏霏江草齊	강에 보슬비로 강가 풀 가지런히 욱어져 있고
無情最是臺城柳	무정함을 가장 느끼게 하는 것은 대성의 버드나무
依舊烟籠十里隄	버들가지 십리 둑에 안개 속에 여전하고
開戶日高春寂寂	일어나 문 열면 해는 높이 떴고 봄날 쓸쓸하여
數聲啼鳥上花枝	꽃핀 가지에서 새 우짖는 소리만 들릴 뿐이다.
獨上高樓望八都	홀로 높은 누각에 올라 사방팔방 바라 보느라니
墨雲散盡月輪孤	검은 구름 흩어지고 둥근 달 중천에 걸려있을 뿐
茫茫宇宙人無數	망망한 우주 사이에 생존하는 이 수 없이 많지만
幾箇男兒見丈夫	사내대장부라 일컬을 수 있는 사람 몇이나 되리
明月自來還自去	명월만 스스로 오고 스스로 가서 예와 다름없건만
更無人倚玉蘭干	옥난간에 기대어 사랑을 나누던 사람 이제 없구나
村園門巷多相似	지나온 마을은 마당도 문도 비슷한 구조여서
處處春風枳殼花	곳곳에 봄바람 속 울타리에 탱자 꽃 피어있네.
品類應得近山鷄	그 품격은 금계와 같다 하리라.
楊子江頭楊柳春	양자강 가 수양버들 우거져 봄은 무르익었는데
衆芳搖落獨暄姸	모든 꽃 떨어진 뒤에 오직 매화만 아름답게 피어

占盡風情向小園　　산속 작은 동산 풍정을 홀로 차지하고 있다.

疎影橫斜水淸淺　　시내 맑은 물결 위에 성긴 그림자 비스듬 떨구고

暗香浮動月黃昏　　은은한 냄새 풍기며 달빛도 여린 황혼 때이다.

霜禽欲下先偸眼　　서리 맞은 흰 새 내리려 남 몰래 사방을 둘러보고

江樹春山日欲斜　　붉게 타는 나무와 봄 산에 해는 지려하고

長郊草色綠無涯　　넓은 들판도 새싹에 덮여 끝없이 초록이 이어져

遊人不管春將老　　이 봄도 이제 지나려는데 거기 마음 쓰지 않고

來往亭前踏落花　　사람들 정자 앞을 오가며 떨어진 꽃을 짓밟네.

澗水無聲遶竹流　　골짝 물은 소리 없이 대나무 주위를 흐르고 있다.

一鳥不啼山更幽　　새 한 마리 날지 않고 산은 그윽하기만 하네.

綠陰幽草勝花時　　우거진 숲 깊은 풀은 꽃보다 낫게 여겨진다.

睡覺東窓日已紅　　아침에 눈떠보면 동창에는 이미 햇빛이 붉다.

萬物靜觀皆自得　　우주만물을 고요히 보면 모두 제 분수대로 편하고

四時佳興與人同　　네 계절의 취향은 인간과 일체가 되어 바뀐다.

花有淸香月有陰　　꽃은 맑은 향내 풍기고, 달은 흐릿하게 비친다.

白雨跳珠亂入船　　소나기 진주알 떨어지듯 배위에 세차게 쏟아진다.

卷地風來忽吹散　　땅을 말아 올리듯 거센 바람 갑자기 불어 흩고

望湖樓下水如天　　망호루 아래 수면은 고요하여 하늘인 듯 맑아

山色空濛雨亦寄　　산 모습 흐릿한 비오는 경치 또한 기차다.

餘生欲老海南村　　여생을 이 벽지 해남 마을에서 지내려 했으나

春江水暖鴨先知　　봄철 강물 따스해졌음을 오리는 먼저 알고

橫看成嶺側成峰　　옆에서 보면 이어진 산들이 한 봉으로 바뀌나니

竹外桃花三兩枝　대숲 저쪽 복숭아꽃 핀 가지 서너 구루 보이고

遠近高低無一同　산들은 원근 고저 어느 것 하나같지를 않네.

只緣身在此山中　바로 내 몸이 여산 산속에 있기 때문인 것이다.

柳絮飛時花滿城　버들꽃솜 날 때 거리는 온통 꽃 속에 묻힌다.

人生看得幾淸明　덧없는 인생이라 몇 번이나 이 청명 철을 맞을까

老僧已死成新塔　늙은 중은 이미 죽어 새로운 돌탑이 되었고

四顧山光接水光　사방을 바라보면 멀리 산과 물이 맞닿았고

淸風明月無人管　이 청풍명월은 누구의 소유도 아니매 실컷 누리리

雄氣當當貫斗牛　기상이 당당하여 북두견우까지 꿰뚫을 듯 하고

柳暗花明又一村　버들 우거지고 꽃 환하게 핀 또한 마을이 있다

燕去燕來還過日　갔던 제비 다시 왔음에 세월은 지나가고

花開花落卽經春　꽃피고 꽃 지니 금년 봄도 지나갔다.

柳花深巷午鷄聲　버들꽃 핀 깊숙한 거리에서 한 낮의 닭소리 들려

坐睡覺來無一事　풋잠에서 깨었으나 아직 멍청하고

夜熱依然午熱同　밤더위는 여전히 낮 사이와 다름이 없어

開門小立月明中　문을 열고 잠시 달빛 속에 서 있노라.

竹深樹密蟲鳴處　대나무 우거지고 벌레들 울고 있는 근처에서는

時有微凉不是風　때로 서늘함을 느끼나 바람 때문은 아니다.

少年易老學難成　젊음은 늙기 쉬우나 학업은 이루기 어려우매

一寸光陰不可輕　아주 짧은 시간도 하찮게 여기지 말라.

未覺池塘春草夢　연못가 봄풀의 꿈이 채 깨기도 전에

階前梧葉已秋聲　섬돌 앞 오동잎은 벌써 가을 소리를 낸다네.

依舊靑山綠樹多　　청산은 여전하고 초록나무 비에 씻겨 무성하다.

有梅無雪不精神　　매화에 눈 내리지 않아 생기가 없고

有雪無詩俗了人　　매화와 눈이 있어도 시심이 일지 않으면 속물이리

人生自古誰無死　　인생이 자고로 어찌 죽지 않는 자 있으리오만

過却春光總不知　　이 멋진 봄경치를 헛되이 놓쳐보내고 말았으리라.

此夜炎蒸不可當　　이 밤의 무더위는 각별하여 전혀 참을 수 없어

開門高樹月蒼蒼　　문 열고 보니 달이 높은 나무에 걸려 푸르러

不借人間一滴凉　　사람에게 약간의 서늘함도 빌려줄 것 같지 않다

子規啼罷百舌鳴　　소쩍새 울음 그치자 때까치 울어　때까치=지빠귀

東窓臥聽無數聲　　동창에 누워서 듣는 무수한 새 지저귐 소리

月落杏花天未明　　달은 살구꽃에 졌는데 날은 아직 새지 않았다.

南湖新漲水連天　　남쪽 호수는 물이 넘쳐 하늘과 맞닿은 듯.

水雲深處抱花眠　　수운 깊은 산중에서 꽃을 안고 잘 수 있다

茶亭幾度息勞薪　　찻집에 몇 차례 수레바퀴를 쉬게 하면서　월급 신

落花飛絮滿煙波　　꽃 지고 버들 솜 날고 물안개 자욱이 끼었는데

蹤跡年年何處覓　　봄 자취 해마다 찾으려 해도 어디서 찾는담.

雨橫風狂暫一停　　비바람 모질게 휘몰아칠 때에 멎고 말았다.

殘月暉暉尙幾星　　빛나는 금달 옆에 아직 있는 것은 몇 개의 별인가

寂寂孤鶯啼杏園　　고요하게 외로운 꾀꼬리는 살구꽃 동산에 우짖고

寥寥一犬吠桃源　　쓸쓸하게 개 한 마리 복사꽃 수원에서 짖어댄다.

借問故園隱君子　　산중에 숨어사는 군자시여

時時來往住人間　　때때로 속세도 내왕하며 사소서

朝看飛鳥暮飛還	아침에 날아간 새가 저물면 돌아오듯이
飛來山上千尋塔	높이 솟은 산 위에 천길 높은 탑
聞說鷄鳴見日屏	닭 울면 해돋이 본다고 하는데
不畏浮雲遮望眼	뜬 구름이 시야를 가릴까 걱정되지 아니함은
自然身在最高層	내 몸이 높은 곳 구름 위에 있음이라.
草樹知春不久歸	풀과 나무들은 봄이 오래 맞아주지 않는 것 알아
百般紅紫鬪芳菲	온갖 색깔 꽃으로 향기를 다툰다.
溪上殘春黃鳥稀	시냇가 늦봄이라 꾀꼬리 소리 드물고
綠樹陰濃夏日長	녹음이 짙어가는 긴긴 여름 날
樓臺倒影入池塘	누각의 그림자가 못 속에 잠겼는데
富貴百年能幾何	한평생 부귀라야 몇 날이나 되나
桃花亂落如紅雨	복사꽃 꽃비마냥 어지러이 지네.
人攀明月不可得	사람은 밝은 달에 오를 수 없건만,
江湖情趣我豈無	난들 왜 모르랴, 강호의 맑은 재미를.
山月江風與爾評	그대와 더불어 강산풍월 논하리라.
忘機鷗鳥恣飛還	욕심 없으니 갈매기 뜻대로 돌아나네.
細草蒼苔睡鴨依	가는 풀 푸른 이끼에 의지한 청오리.
如今共把天涯酒	지금은 천애에서 술을 들다니.
九十春光正花柳	춘삼월 꽃피고 버들 푸른 때로세.
紅葉窓前一膝深	뜨락엔 단풍잎 무릎 쌓였소,
離合紛紛一愴神	분분도 하여라, 만나고 헤지는 슬픔.
別酒莫辭連日醉	날마다 마셨다고 이별주 사양 말게.

小院草青誰共踏　　동산의 풀 푸르면 뉘와 답청할고.
短檠燈影許相依　　등잔불 외론 그림자와 짝할 뿐이지.
江月欲生江樹愁　　강달이 뜨려하니 물갓숲은 지레 시름이라.
蔽日浮雲何日掃　　태양을 가리운 구름 언제 쓸어낼 고.
洗耳自今雲裏住　　이제부터 귀 씻고 구름 속에 살리니
世間金玉總非珍　　세간의 금옥이야 보배랄게 없으리.
爾來門徑謝鉏荒　　문 앞길 거칠어도 마다하지 않음은
石竇泉寒齒挾霜　　돌틈의 옹달샘 이가 시리다. 구명 두
何事年年滯京輦　　무얼 한잔 다고 해마다 서울에 남아
嗜欲前頭移更疾　　먹는 데는 앞장이요 옮김도 빠르건만
矜特裏面步何徐　　긍지라면 왜 그리 느려터진다뇨.
別後流光似急川　　작별 후 세월은 물 흐르듯 빨랐고야.
衰老向來多涕淚　　늙고 보니 근자엔 눈물도 많아.
不堪持酒上秋筵　　가을의 술자리엔 오를 수도 없다오.
終日不語如參禪　　하루 종일 참선하듯 말이 없는데
靑山兮要我以無語　　청산은 나를 보고 말없이 살라하고
蒼空兮要我以無垢　　창공은 나를 보고 티없이 살라하네
聊無愛而無憎兮　　사랑도 벗어놓고 미움도 벗어놓고
如水如風而終我　　물같이 바람같이 살다가 가라하네
靑山兮要我以無語　　청산은 나를 보고 말없이 살라하고
蒼空兮要我以無垢　　창공은 나를 보고 티없이 살라하네
聊無怒而無惜兮　　성냄도 벗어놓고 탐욕도 벗어놓고
如水如風而終我　　물같이 바람같이 살다가 가라하네

韓國篇 七言

晝伴寒蟬夜伴蛩　낮으론 쓰르라미 밤에는 귀뚜리 벗을 삼았으니

莫言深谷少人蹤　깊은 골에 인적 드물겠단 말일랑 마소.

萬里滄溟在眼前　일만리 창창한 바다 눈앞에 펼쳐졌겠지.

正是孤舟月落時　외론 배 둥실둥실 달도 저문다.

空山木落雨蕭蕭　빈산에 잎새 지고 비는 부수수.

惟有寃禽雨中血　다만당 두견의 핏자국 빗속에 무져　원통할 원

滴來多少野花明　여기 저기 들꽃을 물들였구려.

此生元是夢中人　인생이란 본디 허망한 꿈이라 죠.

十二樓中秋月明　열두 난간 다락위엔 달도 밝아라.

人說人間勝地下　남들은 이승이 저승보다 낫다지만

我言地下勝人間　웬걸 저승이 이승처럼 외로울라고?

半夜松風臥碧山　한 밤에 푸른 산 솔바람에 놀고 지고

削立巉巉萬仞岡　오뚝하게 깎아지른 산봉우리에　산깎아지를듯할 참 높을 인

歸雲一片在斜陽　석양에 돌아드는 한조각 구름.

却謂雲忙身不忙　자신은 한가한데 구름이 바쁘다네.　도리어 각

頭流山在白雲表　흰 구름에 잠긴 질산.

生世身閑旣不易　한 세상 한가키도 쉽지 않지만

得閑能保固應難　한가함을 보존키란 정작 어려워

松江我亦專閑趣　나 역시 한가론 취미를 독차지 하여

人去只今多說話	그분들 가고 뒷얘기만 다시 한 대.
滿天星月酒初醒	술 깨고 보니 하늘엔 별과 달이 밝기만 하네.
更上一峰天地長	다시금 오르니 천지가 확 트이누나.
老夫從此不登臺	이로부터 이 늙은이 대에 아니 오르리.
深夜城南獨依樓	성남의 깊은 밤 누에 홀로 기댓노라니
玉川秋月影悠悠	옥천의 가을 달무리 휘황도 하다.
此身雖老此心新	이 몸이 사 비록 늙었지만 마음 상기 한창이라.
江漢茫茫隔暮雲	임 계신 곳 아득하다 노을에 잠겼는데
百年方寸一條氷	한평생 마음은 한조각 얼음
梨花落時雨霏霏	배꽃 지는 때 비는 내리고
長溪屈曲走如蛇	긴 시내 굽 돌아 뱀인 양 흐르고
惟有飄飄遺世者	표표히 한 세상 저바린 자
客於人世聖於酒	세상사 서툴러도 술이라면 성인
索居窮巷少人尋	궁벽한 고장이라 찾는 이 없어. 엿볼 규
紅葉窓前一膝深	뜨락엔 단풍잎 무릎 쌓였오.
芙蓉五月淸香發	오월이라 상큼한 연꽃의 내음을
衰老向來多涕淚	늙고 보니 근자엔 눈물도 많아
此生長是此心昏	이 몸은 길이 마음 답답하외다.
人間何事可人意	인간사 그 무엇이 뜻에 맞으랴
草綠江南歸未歸	풀 푸른 강남땅에 가재도 못가네.
一道飛泉兩岸間	한 줄기 폭포 언덕 사이로 쏟아지고
山翁醉倒溪邊石	취해서 시냇가 반석에 누워

不管沙鷗自往還　모래톱 갈매기 오고감을 상관치 않네. 주관할 관

小築新營竹綠亭　죽록정을 조그맣게 새로 얽고서

野水閒雲伴釣竿　두둥실 구름 뜬 시내에 낚시를 짝해

柴扉終日無人到　진종일 사립엔 찾는 이 없으니

君與白雲誰是閑　그대와 흰 구름 누가 더 한가론가?

山翁老去機心少　산사람 늙을수록 기심 없으니 기회를 보고 움직이는 마음

時事茫茫鬢髮蒼　아득하다 세사여 머리만 세었구려.

古龕無主草冥冥　주인 없는 묵은 집은 잡초만 우거졌네. 감실 감

散作蟲音夜滿庭　풀벌레 소리되어 밤 뜰에 그득하여라.

五更燈火爲誰明　오경의 등잔불 눌 위해 밝은고

愁緒如絲亂更縈　시름은 실오리 같아 얽히면 더욱 설켜

雪深窮巷擁爐傾　눈 쌓인 궁촌에서 화로 끼고 마신다오. 품을 옹

除却人非自誤身　누구를 탓하랴 제 스스로 그르친 몸을

崎嶇世路千里曲　인생살이 기구해라 험난도 하고

問君何以未斷酒　그대 어찌하여 술을 끊지 못하는가?

佳人相憶不相見　그리운 임 보고파도 뵐 수 없고요.

風雨千林獨閉戶　온 숲의 비바람에 홀로 앉아 무얼 하노

雖死猶勝八十翁　내 비록 지금 죽어도 팔순 늙은이 보다 낫네.

唯有人間未盡酒　오로지 인간에 못다 마신 술이 있어

數年加我願天同　두어해 더 살았으면 소원성취 하련만

黃昏相植兩三杯　황혼에 만났으니 두어 잔 아니 들랴 기댈 치

暗香枝上月光多　짙은 향 꽃가지엔 휘영청 달빛이 있거든

上界仙音下界傳　하늘나라 신선노래 인간에 전해오는 듯.

江上數峰人不見　사람은 뵈지 않고 산봉만 한 두점 물위에 둥실.

海雲飛盡月娟娟　비와 구름 다 걷히자 달빛 더욱 고와라.

高亭獨上望新晴　높은 정자 홀로 올라 막 게인 경치를 보니

不盡長江無限情　다함없는 긴 강 끝없는 회포

只恨秋山煙雨裏　다만당 설렁한 가을 산촌 질척이는 빗속에

萬家無處覓靑宇　그 많은 집중에 술집 하나 없다니.

夢魂頻起楚江天　넋만 자주 초강 하늘엘 맴도누나.

夜深和雨過前村　깊은 밤비가 되어 마을 지나네.

楚江秋天霜月苦　초강의 가을 상달 보기 괴로워서요.

蘆洲水落雁影孤　갈대 핀 강물 삐자 기러기 외롭고

佳人相憶不相見　고운님은 그리워도 뵐 수가 없어

風雨千林獨閑戶　온 숲의 비바람에 홀로 문을 닫고 있으니

江南處處非無竹　강남이라 곳곳에 대가 없지 않지만

洗耳自今雲裏住　이제부터 귀 씻고 구름 속에 살리니

惟是老來能事在　늘그막에 오로지 남은 재주라고는

百杯傾盡百憂空　온갖 시름 잊고자 닥치는 대로 마시는 일이라오.

江流不盡亂峰靑　강물은 다함없고 산봉우리 푸르구나.

深夜澄江靜不波　한 밤의 맑은 강 물결도 잔잔한 때에

桂輪升壁素華多　둥근달 떠오르니 천지는 휘황도 하다.

天邊島嶼微微見　수평선 저편엔 섬들이 아슴프레 나타나고

樓外汀洲漠漠斜　다락 저편 물 갓은 아득히 비꼈네.

惟有沙禽掠岸過　모래톱의 물새는 언덕 스쳐 날아간다.

靑山影裏古今人　푸른 산 그림자 속을 스쳐간 하고 한 고금인.

含情朝雨細復細　정겨운 아침 비는 보슬보슬 내리고

弄艶好花開未開　하 놀이로 좋은 꽃 필동 말동

萬古江山一望中　만고의 강산이 한 눈에 드누나.

滿江風月屬漁翁　온 강의 경치가 어옹의 차지라네

石上每苔汚履痕　바위 위 푸른 이끼에 신 자국을 남겼네. 이끼 매

上國好花愁裏艶　중국의 좋은 꽃 시름 속에 고웁고

綠楊鶯語太傷神　버들 꾀꼬리 소리에도 마음 상하네.

才聞鷄唱獨開扃　닭 울음 듣자마자 홀로 문을 나서니

嶢巖怪石疊成山　모난 바위 험한 돌 산을 이루고

山有蓮坊水四環　그 위에 절이 있고 사방은 강물

塔影倒江翻衣底　탑 그림자 강물에 거꾸로 지고

磬聲搖月落雲間　풍경소리 구름 따라 메아리친다.

今人不識前賢志　이젯 사람 선현의 뜻 알지도 못하고

碧江千古起波濤　천고의 푸른 가람 넋인 양 물결 인다.

荻花如雪雁南飛　갈대꽃 흩날리자 기러기 남으로 날고

一千里外各棲身　천리 밖에 떨어져 제 각각 살았고

浮雲入洞眞無繫　뜬 구름 찾아드는 구속 없는 별 천지 묶을 계

淡然相照舊精神　해맑게 비쳐지는 우리의 옛정.

雲卷長空水映天　구름 걷힌 하늘이 물에 어리는데

雨行垂柳遠如煙　언덕의 수양버들 내인 양 아스라 해.

季秋之月百草死　늦가을이라 온갖 풀 시들었는데

庭前甘菊凌霜開　뜰 앞의 국화만이 서리 이겨 피었네.

多情蜂蝶猶徘徊　벌 나비 유신해라 오히려 찾아주네.

弟子休誇百寶粧　이화의 제자들아 구슬단장 자랑 마라.

窮秋影密庭前樹　깊은 가을이건만 뜨락 나무 그림자 촘촘하고

靜夜聲高石上泉　고요한 밤 돌에 듣뜨는 물소리 높아라.

睡起凄然如有雨　졸다 깨어나니 서늘하기 비 내린 밤 같아

江邊蘭芝爲誰香　강가의 난초는 눌 위해 향기론 고

江陵日暖花先發　강릉은 따사로워 꽃 먼저 피었소만

楓岳天寒雪未消　금강산 추운 곳 눈도 안 녹았으리.

未能隨處作逍遙　머문 곳 거기서 소요치 못하시다니

風入湖山萬竅號　바람이 불어드니 온 골짝이 울부짖고

宿雲歸盡寒天高　밤안개 걷히니 변방 하늘 높아라.

淸夜都無一點塵　맑은 밤이라 한 점 티끌도 없구나.

露凝宮瓦玉鱗鱗　이슬 맺힌 기와는 구슬인 양 가지런해

物像鮮明霽色中　물색도 선명한 해맑은 한낮.

江含落日黃金水　지는 해 강에 잠기니 황금의 물이랑

柳放飛花白雪風　흩날리는 버들 꽃 눈송인 양 나니네.

一樽談笑萬緣空　동잇술 정담에 온갖 인연 잊었네.

昨日紛紛瑞雪新　어젯밤 내린 눈에 서기가 새로워

輕風不起陰雲卷　미풍도 없이 구름 걷혀서

白玉花開萬樹春　백옥 꽃 활짝 피니 온 나무 봄꽃일레 雪花

雨歇長堤草色多　　비 개인 긴 둑엔 다북한 풀빛

紫陌春風細雨過　　거리의 봄바람 보슬비 지나자

輕塵不動柳絲斜　　티끌도 일지 않고 실버들은 비꼈네.

繞屋靑山間翠嵐　　집을 에운 청산은 아지랑이 자욱

黃花紅葉又今年　　국화꽃 단풍잎 올해도 또 버니

春盡山花掃地無　　봄 다하니 산골은 쓴 듯이 졌고

綠林高下鳥相呼　　숲의 새는 날고 날며 짝을 부르네.

平生最是戀風光　　한 평생 가장 즐김이 풍광이라

今日花前興欲狂　　오늘 따라 꽃 대하니 미칠 듯만 해.

紅葉忽驚霜後落　　단풍 잎 서리 내리자 우수수 지고

當年翰墨爲人寶　　선생의 시문은 뭇 사람의 보밸러니

高世聲名造物猜　　드높은 명성을 조물주가 시샘인가

水遠天長日脚斜　　긴 가람 아스란 하늘 햇빛 비끼자

隨陽征雁下汀沙　　양지 따라 기러기 모래톱에 내린다.

行行黙破秋空碧　　줄줄이 파란 가을 하늘 가르며

低拂黃蘆動雪花　　갈대밭 스치자 흩날리는 하얀 갈꽃.

度頭煙樹碧童童　　나룻가의 내 낀 나무 푸르러 우뚝한데

雪意嬌多著水遲　　야살스런 눈송이 강물에 내리기 더딘데

千林遠影已離離　　먼 숲의 그림자 어느새 수런대네. 형크러져 어지러운 모양

衰翁未識天將暮　　도롱이 쓴 할아비 날 저문 줄 모르고

誤道東風柳絮時　　봄바람에 흩날리는 버들 꽃인 줄 아나봐.

朝日微昇疊嶂寒　　봄마다 싸늘해라 아침 해 막 뜨는데 連峰 峻貌

林間出沒幾多屋　숲 사이 나락 들락 두서너 집

天未有無何處山　아스란 하늘가 산인가 구름인가

千廻石徑白雲封　굽들은 돌 길 흰 구름에 잠겼고

巖樹蒼蒼晚色濃　창창한 바위 숲엔 짙은 어스름.

知有蓮坊藏翠壁　짙푸른 절벽에 앉혀진 절 있어 　절 寺

好風吹落一鐘聲　때 맞은 바람에 쇠북소리 덩그렁

草屋半依垂柳岸　버들 드리운 언덕에 반만 가리운 초가집

日斜愈覺江山勝　날 저물자 정작 고와라, 강산의 경치

萬頃紅淨數點靑　일만 이랑 붉은 물결 두어 점 푸른 빛

欲雨不雨春陰垂　올듯한데 비는 오지 않고 봄 구름만 자욱한데

杏花一枝復雨枝　살구꽃 한 가지 또 두어 가지 피었어라.

靑山斷處兩三家　푸른 산자락 다한 곳 두서너 초가

抱隴縈廻一徑斜　언덕 따라 휘돌아 비낀 오솔길

人寂柴門掩落花　사립은 찾는 이 없어 낙화에 닫혔네.

塵外勝遊聊自適　애오라지 즐기노라, 별천지의 仙遊를

松飛孔蓋向靑空　날듯 한 소나무 덮개인양 푸른 하늘 향했네.

雨燕依枝集柳村　가지에 앉은 제비 버들 마을에 모였네.

蟬聲斷續路高低　매미소리 끊일락 이을락 길도 높 낮아

窮村婦女猶多思　산마을 아낙네 되우나 수줍어

唯有雪衣松上鶴　다만 소나무 위에 앉은 학

林外一蟬語客恨　숲 속의 매미가 나그네 한을 알고서

曳聲來上夕陽枝　날 저문 나무 끝에 와 길게 울어주누나.

半窓林影搖森翠　반만 열린 창으로 솔 그림자 파릇하고

窮通榮辱皆天賦　궁통과 영욕은 모두 하늘에 매인 것

密葉翳花春後在　빈 잎에 가지런 꽃 이제사 피었고

薄雲漏日雨中明　녈구름 새는 햇살 빗속에 밝아   여우비

沙鳥閑飛水自流　물새는 유유히 날고 강물만 치렁치렁

滿樹春江泣露華　흐드러진 봄꽃은 함초롬히 이슬 머금었고

映門垂柳欲藏鴉　문살에 어리인 수양버들 갈까마기 깃들려하네

一江春雨碧絲絲　한 가람 봄비는 실실이 푸르고야.

數間茅屋對春山　두어간 초가 푸른 산을 대하였네.

臥看初日在松頭　누워서 본다네, 솔가지에 뜨는 일출을

翠蓋紅粧似舊時　푸른 잎 붉은 꽃 예와 같은데   연잎, 연꽃

唯有看花玉堂老　꽃을 대한 옥당의 이 늙은이는

風情不減鬢如絲　귀밑거리 세였구나 풍정은 여전한데

昨夜雨晴江水肥　간밤의 비 개이자 치렁한 강물

朝來兩岸柳依依　아침의 강둑엔 휘늘어진 버들

愛之欲近忽飛去　귀엽다 닥아 서니 훌짝 날고

臨流遠聽久徘徊　흐르는 먼 물소리에 발길 멈추네.

荻花深處一沙鷗　갈대꽃 깊은 곳에 한 갈매기 다호라.   같아라

晚來江上數峰寒　날 저문 강마을 두서넛 차운 산

片片斜飛意思閑　하늘하늘 비껴내려 사뭇 한가로와

白髮漁翁靑篛笠　머리 센 어옹이사 도롱이 삿갓 쓰고   대껍질 약

豈知身在畵圖間　제 몸이 한낱 화폭에 담긴 줄 모르네.

鷄林黃葉秋蕭瑟	계림의 누른 잎 가을이 소슬쿠나.
危亭寶石半零落	우뚝한 보석정 반이나 허물어 졌고
蒼雲陣陣空庭落	푸른 구름 뭉게뭉게 빈 뜰에 드리웠네.
萬里蒼蒼接天色	만 리나 창창하게 하늘빛과 맞닿았구나.
長天去鳥欲何向	하늘에 나는 새는 어디로 가려는고?
大野東風吹不休	넓은 벌판에 동풍은 불어 마지않는데
一邊踈雨歸雲黑	하늘가의 성긴 비에 가는 구름 시꺼멓고
歸雲斷處有樓臺	구름 가 훤히 트인 곳에 다락 있어서
霜空萬里亭亭月	아스란 가을 하늘 휘영청 밝은 달인레.
靑山落照永嘉路	푸른 산 비 낀 해는 안동에의 길이요 安東의 옛이름
紅樹澄江晋陽城	붉은 나무 맑은 강 진양의 성이라.
仲春嘉月長百草	중춘가절에 온갖 풀 자라는데
逍遙山澤有至樂	산과 못을 소요하니 즐겁기 그지없고
半陰半晴野花開	흐린 듯 맑은 중에 들꽃은 피고
此中淸風知者誰	이 중의 청풍을 아는 자 그 누구랴?
心未淸凉有何好	그 마음 혼탁한데 무엇인들 좋을고
靑山斷處歸程遠	돌아갈 길이 너무 멀기만 하기에
飮峰啄澗吾生願	산에서 마시고 시내에서 먹는게 평생의 소원 鳥食
碧雲秋色屬雙眸	새파란 구름 가을빛이 두 눈동자에 들어오네.
山阿眞隱前生願	산언덕에 숨어 사는 게 전생부터의 소원인데
雲水仙遊此日歡	구름 물 가운데 신선놀음 오늘의 기쁨일세.
未盡甘苦窮海外	달고 쓴 인생 다 살지 않아도 바다밖을 다 보았고

五月松花滿翠微　오월이라 솔 꽃이 푸른 산에 가득해라.

宿露未晞山鳥語　밤이슬도 마르지 않았는데 산새가 울고

雲去雲來山不爭　구름이 마음대로 가고 오더라도 산은 다투지 않아

露宿江村風剪骨　이슬 속 강촌에서 잠들면 바람은 뼛속을 도려내고

蒼崖萬丈楓葉紅　까마득 푸른 벼랑에 단풍잎은 붉었는데

山上白雲亦多情　산 위의 흰 구름도 또한 정이 많아서

百歲勞勞不自閑　백년사는 동안 괴로울 뿐 한가롭지 못하여라.

東望水雲千里外　동쪽으로 구름 천리 그 너머를 바라보니

千峰秋色倚雲侵　산봉우리 가을빛은 구름에 가려지네.

林靄霏霏染夕陽　숲 속 아지랑이는 저녁노을에 물들었네.

處處幽禽弄晚晴　곳곳에 그윽히 숨은 새는 늦게 갠 날을 즐기네.

時聞霽雪落松閒　소나무에 쌓였던 눈 이따금 떨어지는 소리 들리네

竹下僧碁白日閒　스님 네는 대숲에서 바둑을 둔다.

一帶青雲染白雲　흰 구름에 감아 도는 파릇한 연기.

松花含雨落繽粉　송화 가루 비 머금어 마구 지누나. 어지러울 빈

山沈寒碧倒疊嶂　새파란 강에 거꾸로 비친 첩첩한 산봉

鴨戲淺清窺小鮮　얕은 물에 노니는 오리 작은 물고길 엿본다.

忽有蕭蕭微雨過　느닷없이 우수수 가랑비 지나더니만

洗新秋色入林泉　맑게 씻은 가을에 가득한 밝은 달과 같아라.

心性元來是緣影　마음과 본성은 원래 곁따른 그림자 같고

天下橫行無不通　천하를 싸다녀서 가보지 않은 곳이 없다.

獨坐茅庵霜月夜　혼자서 초암에 앉아 서리 내리는 달밤이면

莫分內外混蒙頭　안팎을 분간하지 못하는 혼몽한 생각

只將一味過殘生　다만 이 재미 하나로 여생을 지내리라.

洞中流水如藍染　동중을 흐르는 물 쪽빛 물든 듯

門外靑山畵不成　문 밖의 푸른 산 그릴 수 없어

細雨霏霏晚未晴　부슬부슬 가랑비 날 저물도록

屋角杏花開欲遍　집 모퉁이 살구꽃 활짝 피고자

數枝含露向人傾　이슬 먹은 두어 가지 축 늘어졌네.

秋陰漠漠四山空　가을 구름 아슬하다, 산 스산하고

落葉無聲滿地紅　소리 없이 지는 잎 땅조차 붉어

立馬溪橋問歸路　다리께서 말 멈추고 길 묻다보니

不知身在畵圖中　이내몸 그림 속에 들어 있는 듯

煙沙浩浩望無邊　모랫벌 넓고 넓어 가이없는데

山木俱鳴風乍起　바람 불자 함께 이는 나무숲 소리

江聲忽厲月孤懸　강물 소리 거세찬데 달은 외로와

曉月空將一影行　새벽달 함께 걷는 외론 그림자

黃花赤葉征舍情　국화랑 단풍잎은 정이 다북해

雲沙目斷無人問　백사장 아득하다 물을 사람 없어

醉睡仙家覺後疑　취하여 자다가 깨어보니 아리송

白雲平壑月沈時　흰 구름 골을 덮고 새벽달 넘어 간다.

倏然獨出倏林外　허둥지둥 걸어서 숲 밖을 빠지려니　빠른모양, 모지라질소

石逕筇音宿鳥知　돌길에 막대소리 자던 새 놀래누나.

臨溪茅屋獨閑居　시냇가 띠집에서 한가히 사오라니

月白風淸興有餘　달 밝고 바람 맑아 그 재미 나위 있다.

外客不來山鳥語　바깥손님 아니 오고 산새만 우짖는데

移床竹塢臥看書　대 울에다 평상 놓고 묻혀서 책을 읽네.

江上漁村舊聚居　강가에 모여 살던 예전 마을이

遺民此日是周餘　오늘엔 얼마가 남지를 않아

三十夜中圓一夜　한 달도 서른 날에 보름은 한번

百年心事總如斯　평생의 심사도 이러하다네.

空山木落雨蕭蕭　빈산에 잎은 지고 비는 부수수

惆悵一杯難更進　애달프다 한잔 술을 다시 못 올려

無限落來紅葉濕　지고 지는 단풍잎 함초롬 젖어

垂柳蔭中一逕微　실버들 그늘 속의 아슬한 외길

雜花生樹草芳菲　싱그러운 꽃나무 풀도 꽃다워 　풀우거질 비

騷人獨酌有詩句　나 혼자 마셔도 글귀 나오고

村老相逢無是非　마을 노인 만나도 시비가 없어

春水白魚爭潑潑　봄물이라 물고기들 팔팔 날뛰고

野田黃雀自飛飛　들밭의 참새 떼들 풀풀 나누나.

不已霜鷄郡舍東　고을 동쪽 새벽닭 울어대는데

殘星配月耿垂空　샛별은 달을 짝해 반짝거린다. 　반짝거릴 경

春城花落碧莎齊　봄꽃은 하마 지고 잔디는 우북한데

終古芳魂此地棲　자고로 고운 넋들 여기에 묻혔다네.

何限人間情勝語　한량들의 다사한 말들 한이 있겠소?

死猶求溺浣紗溪　죽어도 완사계에 빠지고 싶다 하니.

半醒半醉下樓時　게슴츠레 다락에서 내려올 무렵

襪底江光綠浸天　발아래 어리비친 파란 강경치. 버선 말

昭陽芳草放筇眠　막대 놓고 강가에서 낮잠을 잔다.

浮生不及長堤柳　이 내 몸 저 언덕의 버들만 못해

過盡東風未脫綿　한 봄이 다 가도록 솜옷이라니.

霜摧玉樹花無主　옥수에 서리 치니 꽃은 임자도 없구나. 아름다운 나무

只催詩景惱人來　애꿎은 시경을 재촉하여 사람을 괴롭히느니

含情朝雨細復細　정을 품은 아침 비는 가늘다가는데

弄艶好花開未開　아양피는 좋은 꽃은 필 듯 안 필 듯

綠楊鶯語大傷神　버들에 꾀꼬리 소리 울어도 마음 몹시 상하네.

風牽疎響過山雁　바람에 끌리는 성긴 메아린 산을 지나는 기러기

露濕微光隔水螢　이슬에 젖은 희미한 빛은 물 건너 반딧불.

斷煙斜日共淒淒　끊어진 연기, 비낀 해가 모두 다 처량하구나.

空餘露濕閑花在　남은 것은 이슬에 젖은 길가의 꽃

共遊江海偶同船　우연히 같은 배 타고 강해에 놀았었지

古槐花落早蟬鳴　화나무 꽃이 지고 초가을 매미 우니

却憶前年此日程　작년 이 날에 가던 길이 회상되네.

翠樓丹檻白雲連　푸른 다락, 붉은 난간엔 흰 구름이 잇따랐지.

蘆花散撲沙頭雪　갈꽃 흩어지니 모래 위에 눈보라요. 없앨 박

山容水色無今古　산 모양 물빛은 예나 이제나 일반인데

俗態人情有異同　인정과 속태는 다르기도 같기도 해라.

季秋之月百草死　늦가을 철에 온갖 풀 다 말라졌는데

庭前甘菊凌霜開　뜰 앞 국화만이 서리를 능멸하고 피었구나,

無奈風霜漸飄薄　풍상에 하는 수 없이 점점 시들어가도

多情蜂蝶猶徘徊　벌과 나비는 다정하여 아직 빙빙 감도네.

寺號天官昔有緣　천관이란 절 이름 유래가 있더니

三十年前同擢第　삼십년 전에 같이 급제한 우리. 뽑을 탁

一千里外各棲身　천리 밖에 각기 나뉘어 살았네.

浮雲入洞曾無累　흰 구름 골에 드니 더러움이란 없고

明月當溪不染塵　밝은 달이 시내를 비치니 티끌이란 있을 소냐.

早晚蒼空收毒霧　얼마 안지나 창공이 독한 안개를 거두어

江含落日黃金水　강이 지는 해를 머금었으니 황금 물일세

柳放飛花白雪風　버들이 꽃을 흩날리니 흰 눈 바람.

花接蜂鬚紅半吐　꽃은 벌의 수염을 맞아 반쯤 방긋이 피어나고

柳藏鶯翼綠初深　버들은 꾀꼬리 날개를 감춰 갓 푸른 빛 짙어가네.

白雲低地樹森森　흰 구름 자욱하고 나무만 가물가물.

古徑寂寞縈松根　적막한 맑은 길에 솔뿌리가 얼기설기

浮雲流水客到寺　뜬구름 흐르는 물 길손이 절간에 머물렀고

紅葉蒼苔僧閉門　단풍잎 푸른 이끼에 중은 문을 닫는구나.

秋風微凉吹落日　가을바람 산들산들 지는 해에 불고

長年不夢人間喧　한 평생 인간의 시끄러움 꿈조차 안 꾸누나.

秋露輕霏千里爽　가을 이슬 보슬보슬 천리가 상쾌하고

夕陽遙浸一江明　저녁 해는 멀리 한 강에 잠겼구나.

洞壑陰晴俯仰異　골 안의 날씨는 굽어봄 쳐다봄에 다르고

88

煙霞紫翠暮朝新　안개의 자주 빛, 푸른빛은 아침저녁에 새로워라.
石壁萬重雲浪湧　석벽에는 만 점 구름이 물결처럼 솟아오르고
瀑泉千丈玉虹流　폭포 샘은 천 길이나 옥 무지개마냥 뻗어 흐르네.
萬事悠悠一夢場　인간 만사가 이럭저럭 한바탕 꿈
自憐身世未全忘　내 어이 몸과 세상 온통 잊지 못하는가
荻花如雪雁南飛　갈꽃이 눈 같고 기러기는 남으로 나는데
倚棹行人動所思　돛에 기댄 나그네 시름이 움직이네.
晚浦風微青靄合　저녁 개(浦)에 바람이 솔솔, 퍼런 안개 어울리고
霽江雲盡碧天垂　갠 강에 구름이 걷어 파란 하늘 드리웠구나.
地接滄溟壯觀多　땅이 창파에 맞닿아 장관이 많은 데
歸然喬嶽聳天涯　드높은 산봉이 하늘가에 솟았구나. _{산오뚝할 규}
且堪留賞滿庭花　잠깐 머물러 뜰 가득 꽃이나 완상할까 _{견딜 감}
論情未已天垂日　정을 다 말하기 전에 해가 이미 저물어가니
更約登樓待月華　뒷날에 달이 밝거든 다시 다락에 오르세.
沿崖踏澗入雲霏　비탈을 따라 시내를 건너 구름 속에 들어오니
洞裏寬深絶世機　깊숙하고 헌칠한 골 안이 세상티끌 끊겼네.
盡日逍遙塵垢外　온 종일 진세 밖에 소요하노니
庭靜白沙留月色　고요한 뜰의 흰 모래는 달빛을 머물렀고
園深綠竹醉春輝　깊은 정원의 푸른 대는 봄빛에 취하였네.
畫欄飛出碧波頭　푸른 물결 가에 나는 듯 쑥 내민 그림 난간,
桃村時見武陵人　복숭아 마을에 무릉 사람이 가끔 보이누나.
先生蕭洒出塵埃　선생은 깨끗하여 진세 사람 아니러니

忽嘆風前玉樹催 　갑자기 바람 불어 옥수가 꺾이다니 _{아름다운 용모}

高世聲名造物猜 　드높은 명성을 조물주가 시기했네.

春風忽已近淸明 　봄바람 느닷없다, 청명 가깝고

細雨霏霏晩未晴 　부슬부슬 가랑비 날 저물도록

屋角杏花開欲遍 　집 모롱이 살구꽃 활짝 피고자

數枝含露向人傾 　이슬 먹은 두어 가지 축 늘어졌네.

千家楡柳冷新煙 　한식이라 온 마을 싸늘한 냇기

佳節驚心客路邊 　길을 가는 나그네 명절을 맞아

微有天風驢更快 　바람 일자 나귀는 재빨라지고

一經春雨鳥增姸 　봄비 맞은 새의 맵시 더욱 고와져

桃花多事圍山店 　다사하다 복사꽃 주막 에우고

蝴蝶隨人上野船 　호랑나비 날 따라 배에 올랐네.

滿眼淸江三十里 　펑퍼진 맑은 강물 이냥 삼십리

黃魚如錦不論錢 　비단 같은 쏘가리는 지천이구나.

顔貌如生日月輝 　생생하다 그의 모습 해와 달이라

過年七十來千歲 　일흔을 사셨지만 천년 되도록

曆數如公命好稀 　임과 같은 좋은 天命 드무오이다.

魚龍嗚咽鬼神愁 　어룡들도 흐느끼고 귀신도 한숨

鳥雲散盡孤月橫 　먹구름 걷히는 곳 둥두렷한 달

遠樹寒光歷歷生 　찬 그 빛 먼 나무 곱게 적시고

空山鶴去今無夢 　누군가 잔설 밟고 가는 발소리.

空中無路鳥何去 　공중에 길 없는데 새는 어디로 나나

山裡有家雲未歸　　산 속의 보금자리 구름 아직 안 돌아와

華髮滿頭負夕暉　　온통 희어진 머리, 저녁 해 받아 섰느니

天末無盡明月去　　밝은 달 하늘가로 기울어지고

孤枕長夜聽松琴　　이 긴 밤 홀로 누워 듣는 솔 소리.

一念不出洞門外　　잠시도 洞門 밖을 안 나갔건만

惟有千山萬水心　　山水 찾는 버릇은 그대로 남아 있네.

玉林垂露月如霰　　숲에 맺힌 이슬, 달빛에 싸락눈 같고

隔水砧聲江女寒　　물 건너 들려오는 어느 집 다듬이 소리.

兩岸靑山皆萬古　　저 산들이야 하냥 저기 있으련만

梅花初發定僧還　　매화꽃 필적이면 고향 찾아 돌아가리.

幽興來時消百愁　　그윽한 흥 일어날 땐 스러지는 온갖 시름

春愁春雨不勝寒　　봄 시름과 봄비는 으스스 춥기에

春酒一壺排萬難　　봄 술 한 병으로 만난 물리쳐

一酣春酒作春夢　　봄 술에 취하여 봄꿈 이루니　술취할 감

兩三傍水是誰家　　누가 사는지 물가의 두세 집

晝掩板扉隔彩霞　　낮에도 문을 닫아 노을을 막네.

圍石有碁皆響竹　　돌을 둘러앉으면 바둑 소리 대숲을 울리고

酌雲無酒不傾花　　구름에 잔질하니 꽃 보며 안 마시는 술이란 없어

心如疎屋不關扉　　마음은 빗장 잠근 집과 같아서

萬事曾無入妙微　　무엇 하나 묘한 경지 든 적이 없어

千里今宵亦一夢　　천리 밖 오늘밤도 또한 꿈임을

月明秋樹夜紛飛　　달빛 속에 가을 나무 어지러이 춤추네.

兩岸寥寥萬事稀　양쪽 기슭 괴괴하여 번거로움 없고

幽人自賞未輕歸　풍광에 취하다 보니 때도 잊는다.

院裡微風日欲煮　절 안 미풍 일고 햇볕 찌는 듯한데

秋香無數撲禪衣　가을 향기 끝없이 옷에 감기네. 엎드러질 박

江堤楊柳變新黃　강 둔덕 버드나무 노래진 잎새.

尋趣偶過古渡頭　우연히 지나니 낡은 나루터

盈盈一水小魚游　물에서는 잔고기들 꼬리를 치고

汀雲已逐西風去　구름은 서풍 밀려가는데

獨立斜陽見素秋　해질녘 홀로 서서 가을을 본다.

滿庭風雨作秋聲　뜰에 가득 비바람 몰아치며 가을의 소리.

山窓睡起雪初下　일어나니 창 밖에는 눈이 날리어

況復千林欲曙時　온 산을 메웠구나 이 새벽녘

漁家野戶皆圖畫　마을 집 아늑하여 그림 같은데

幽人寂寂每縱觀　숨어 산다고 자연에야 탐심 없으랴.

眼欲靑時意不輕　흐뭇한 경치 만나면 흥취 끝없네.

大雪初晴塵世遠　쏟아지던 눈 그치니 별유천지요

萬山欲暮壯心生　온 산이 저물 때면 장한 마음도 일어

夜聞鐘聲何處來　한 밤에 들려오는 종소리

霹靂忽破夜寂寞　고요한 밤 갑자기 벼락이 치며

鐵花亂飛秋色高　불꽃 튀는 그 곳에 가을 하늘 높아라.

一宵燈火喜相見　하룻밤 등불 밑에 만나 반갑고

看盡百花正可愛　어여쁜 온갖 꽃을 모두 보았고

縱橫芳草踏煙霞　안개 속 꽃다운 풀 두루 누볐네.

一樹寒梅將不得　그러나 매화만은 못 만났는데

其如滿地風雪何　눈바람 이러하니 어쩜 좋으랴.

兩岸靑山斜陽外　양 기슭의 청산에 저녁 해 비칠 때

白雲有路何幽長　구름 속 길이 이리 그윽할 줄이야!

綠溪轉入水窮處　시내 따라 가노라니 물도 다한 곳.

深樹無花山自香　꽃 없는 데도 숲에서 풍겨오는 아, 산의 향기여!

萬木森凉孤月明　숲은 썰렁한데 밝은 달빛이

碧雲層雪夜生溟　구름과 눈 비추니 완연한 바다.

十萬珠玉收不得　십만 구루 그 구슬 하도 고와서

不知是鬼是丹靑　조화인 줄 모르고 그림인가고.

歲暮寒窓方夜永　한 해가 또 가려는데 밤은 길어서

低頭不寢幾驚魂　잠 못 들고 그 몇 번을 새삼 놀랐나.

孤燈小雨雨聲冷　외로운 등불 빗소리 차가운 밤

試聞兒女爭相傳　아녀자들 다투어 이르는 말이

報道此中別有天　이 길 가면 별유천지 있느니 라고.

逐水漸看兩岸去　물 따라 걸으며 살펴볼수록

杳然恰似舊山川　우리 고국산천 많이 닮았네.

窓前風雪太顚狂　창밖의 눈바람은 왜 그리도 날뛰는지

忽忽六十一年光　바쁘게도 지나간 예순 한 해가

云是人間小劫桑　이 세상에선 소겁같이 긴 생애라고. _{팔만년}

山影倒江魚躍岫　산 그림자가 강에 거꾸러지니 물고기는 뫼

뿌리에서 뛰고

樹陰斜路馬行枝　나무 그늘이 길에 비꼈으니 말이 가지로 다니도다.

樹陰入席鶯啼膝　버드나무 그늘이 자리에 들어오니 꾀꼬리는 무릎에서 울고

花影傾杯蝶舞脣　꽃 그림자가 술잔에 기울어지니 나비가 입술에서 춤추도다

雲收峽潤分明見　구름이 걷히니 좁은 간수가 분명히 보이고

木落岑樓忽地高　나뭇잎이 떨어지니 산등성마루가 홀연히 땅에서 높아졌네.

古木誰憐鳥去啼　고목을 누가 불쌍히 여기리오, 새가 가서 울어준다

花開傍樹皆生色　꽃이 피니 곁에 있는 나무가 다 빛이 나고

鶯出凡禽莫敢啼　꾀꼬리가 나오니 평범한 새는 감히 울지 못할러라.

四隣方寂又兒啼　네 이웃이 바야흐로 고요하다가 또한 아이가 우는도다.

鷄登屋上垂聲唱　닭은 옥상에 올라서 소리가 들리도록 부르고

鷺坐沙中拜影眠　해오라기는 모래 가운데 앉아서 그림자에 절하면서 졸도다.

滿庭明月無煙燭　뜰에 찬 명월은 연기 없는 촛불이요

繞屋靑山不畫屛　집을 두른 청산은 그리지 않은 병풍일세.

花笑檻前聲未聽　꽃이 난간에서 웃지만 소리를 듣지 못하고

鳥啼林下淚難看　새가 숲 아래에서 울지만 눈물 보기 어렵도다.

澗飮霞餐枕碧山　간수를 마시며 안개를 먹고 푸른 산을 베개 하니

軒眉獨笑暮雲間　눈썹을 들어 홀로 저문 구름 사이에 웃도다.

滿地煙霞咫尺迷　땅에 가득 찬 연하에 지척이 희미하도다.

紅樹靑山秋色佳　붉은 나마와 푸른 산에 추색이 아름다운데

晚陟天皇落落崖　늦게 천황봉의 낙락한 뫼 부리에 오르더라.

把酒高吟興欲狂　술을 잡고 큰 소리로 읊으니 흥이 미칠러라.

門前軟柳吐新枝　문앞에 연한 버들은 새 가지를 토했도다.

品格孤高羽族中　품격은 우족 가운데서 고고하니

雨歇長堤草色多　비가 긴 제방에 개어서 풀빛이 많으니

富貴有爭難下手　부귀한 다툼이 있어서 손쓰기가 어렵고

林泉無禁可安身　임천은 금하는 이 없어서 가히 몸을 편케 하리로다.

身向長安獨去情　이내 몸은 서울로 향하여 가는 도다.

白雲飛下暮山靑　흰 구름 날아 내리고 저문 뫼만 푸르도다.

慈母時年八十三　어머님의 올해 나이가 팔십 셋일세.

宮柳靑靑鶯亂飛　궁류는 청청하고 꾀꼬리만 요란하게 날고 있는데

林禽白幾千年鶴　숲의 새는 몇 천년이나 되는 흰 학이며

岩樹長三十丈松　바위의 나무는 삼십 길의 소나무로 자랐도다.

莫笑隆中諸葛老　융중에 있는 제갈공명 비웃지 말라.

殷勤三顧豈無時　은근히 삼고초려한 것이 어찌 때가 없을
소냐.

滿岸蘆花三十里　언덕에 가득한 갈대꽃 삼십리에

雁鴻無數下長洲　기러기가 수없이 긴 물가에 내려오도다.

落照吐紅掛碧山　낙조가 붉은 것을 토하여 푸른 산에 걸려
있고

寒鴉尺盡白雲間　찬 까마귀가 자로 재듯이 흰 구름 사이로
날아가도다.

古木多情黃鳥至　고목은 다정하여 호항조가 이르고

大江無恙白鷗浮　대강은 병이 없어 백구가 떠 있도다.

春陰欲雨鳥相語　봄 그늘이 비가 오려하니 새가 서로 지저
귀고

老樹無情風自哀　늙은 나무가 정이 없으니 바람만 스스로
슬퍼하도다.

山靜寒松自作聲　산이 고요하니 찬 소나무가 스스로 소리를
내도다.

沙上白鷗恒聚散　갈매기는 모래톱에 모일락 흩어질락

陽春最好鳥啼歸　양춘이 가장 좋으련만 새는 울고 돌아간다.

自有庭梅三實足　스스로 뜰 매화가 있어 세 열매면 족한데

只愁風雨一枝傷　다만 풍우에 한 가지 상할까 근심할러라.

二字語

一竿　한 개의 낚싯대. 낚싯대 하나.

一昔　한 시대 옛날. 보통 10년을 일석이라고 말함.

一撮　한 움큼. 아주 작은 양.

三昧　마음을 한 가지 일에 집중하는 一心不亂의 경지. 사물
에 열중함. 三昧境.

上饌　아주 좋은 반찬.

上腿　下肢의 윗부분. 골반에서 무릎까지의 사이.

上弦　음력 7 8월께의 달. 활시위가 위쪽을 향하여 있음.

不堪　견디지 못함.

不敢　감히 하지 못함.

丐子　거지. 丐乞 빌 개

且問　묻건대. 묻노니.

且喜　'그것은 그래도 좋으나, 그렇지만은' 이란 뜻.

世卿　대대로 이어 내려오는 卿大夫.

世念　세상살이에 대한 온갖 생각.

世路　세상 풍정. 세상 살아가는 길.

世緣　세속의 온갖 인연.

世外　세속 밖의 別天地. 別世界. 속세를 떠남. 또는 그 곳.

丘木　무덤가에 있는 나무. 墓木.

丘隅　언덕의 나무가 우거지고 고요한 곳.

丘亭　빈 집.　寄居丘亭

丘壑　언덕과 구렁. 속세를 떠난 곳.

中霄　半空中. 夜半.

中宵　한밤중. 夜半.

中午　한낮. 正午.

中庭　건물과 건물 사이에 있는 마당.

中酒　술에 반쯤 취함. 술에 취함. 한참 벌어진 술자리.

丸彫　물체의 형상을 전부 두드러지게 새기는 조각법의 한 가지.

丹骨　단골무당. 늘 정해놓고 거래하는 자리나 손님.

丹楹　붉은 칠을 한 기둥. 丹柱.

主翁　주인이 되는 사람.　翁은 尊稱.

久霖　오래 계속되는 장마.

乍復　잠시. 잠깐이나마 다시.

乍雨　갑자기 비가 내림.

乍晴　지루한 비가 그치고 잠깐 갬.

乍寒　갑작스런 추위.

九竅　사람 몸에 있는 아홉 구멍. 곧 눈 코 입 귀 尿道 肛門.

乘化　자연의 조화에 맡김. 천운에 맡김.

乾達　아무 관계도 없이 싱겁게 붙어 다니는 사람. 돈도 없
　　　이 난봉을 부리는 사람.

乞言　노인에게 착한 가르침을 구함.

乾川　조금만 가물어도 물이 곧 마르는 내.

亂倫　인륜을 어지럽힘. 인륜에 어긋남. 破倫. 悖倫.

亂飛　어지럽게 날아다님.

亂俗　풍속을 어지럽힘.

井蛙　우물 안 개구리. 井底蛙.

交酬　서로 선물을 교환 함.

亭皐　늪 안에 둑을 쌓고 그 위에 지은 정자.

亭榭　정원에 놀이터로 만든 자그마한 정자. 亭榭跨池塘

今吾　지금 가령 내가.

令人　나에게.

他邦　딴 나라. 外國. 他國

仙鼠　박쥐.

仰禱　우러러 기도함. 夜在庭中 仰禱斗極

伴寢　同宿

伸欠　늘어지게 하품함.

低唱　낮은 소리로 노래함. 何如低唱二三杯

佐飯　생선을 소금에 절인 반찬. 굴비, 고등어, 魚卵 등. 자반.

何須　어찌 구태여.

何有　아무 상관없음. 아무 힘들일 것도 없음. 자기로서는 아무 것도 아닌 쉬운 일임.

作路　어느 곳을 가는데 미리 그 갈 길을 정함.

佯醉　거짓으로 취한 체함.

依舊　옛 모양과 변함없음.

依依　마음이 설레는 모양.

依然　전과 다름없음. 道尚依然.

侮慢　남을 얕보고 저만이 스스로 잘난 체함. 侮慢自賢 反道
敗德.

促席　가까이 다가앉음. 促坐

促裝　行裝을 재촉함. 將行裝去之.

俎刀　도마와 시갈. 俎上肉—도마에 오른 고기란 말로 어찌할
수 없이 된 운명을 일컫는 말..

俗臭　세속의 더러운 냄새.

信信　四泊.

俳諧　우스갯소리. 남을 웃기기 위한 악의 없는 말. 俳謔. 戱言.

倒景　지는 해.

倒影　그림자가 거꾸로 비침. 거꾸로 비친 그림자. 倒景. 해
질 무렵의 그림자. 夕日.

偶吟　우연히 읊은 시.

偶坐　마주 대하여 앉음.

偃月　활 모양의 달. 아직 반달이 되지 못한 초승달.

側聞　얼핏 풍문에 들음. 옆에서 얻어 들음.

假寐　어렴풋이 잠들음. 거짓으로 자는 체 하는 일.

偏舟　조각배. 작은 배. 片舟. 扁舟.

偕偶　짝. 배필. 配偶.

偸眠　틈을 타서 잠을 잠.

傑跡　傑出한 事跡.

傷魂　애를 상함. 마음을 태움. 傷心.

傾盆　동이를 기울인다는 뜻으로 세차게 내리는 大雨의 형
　　　용. 覆盆.

僧廬　승려가 사는 암자. 僧庵. 僧舍. 僧坊. 僧房.

僵拔　나무가 넘어져서 뿌리가 빠짐. 巨松僵拔.

僻居　窮僻한 시골에서 살음.

僻巷　변두리의 궁벽한 동내. 또는 거리. 僻巷窮村. 僻鄕.

傀身　꼭두각시. 허수아비. 傀儡. 실패해서 零落한 몸.

優遇　특별히 잘 대우함.

共喜　함께 기뻐함. 즉흥적 감탄.

六根　사람의 감각 기관. 눈, 코, 귀, 혀, 몸, 생각.

六氣　천지간의 여섯 개 氣運. 陰, 陽, 風, 雨, 晦, 明. 어두울 회

元夕　정월 대보름날. 上元 밤. 元宵.

冷艶　차갑고 고운 맵시. 눈이나 배꽃 등의 모습을 형용함.

冷巷　적적하고 쓸쓸한 거리. 冷巷閉門無客到

凄雨　처량하고 차가운 비.

凄風　아주 몹시 쓸쓸하게 부는 바람. 凄風苦雨 고우는 오래
　　　두고 내리는 궂은 비. 즉 몹시 처량하고 비참한 경지.

凌雨　심히 퍼붓는 비. 쏟아져 내리는 비. 猛雨. 暴雨.

凱風　남풍. 마파람.

列肆 연달은 가게. 列肆販物.

列星 연달은 별. 列宿 하늘에 연달아 있는 많은 별. 天則有
列宿.

刪修 글의 字句를 刪削한 것을 또 깎고 하여 잘 정리함. 刪定.

別饌 유별나게 잘 만든 반찬.

剝啄 문을 똑똑 두드리는 소리. 바둑을 두는 소리.

剞劂 굽은 칼과 굽은 끌. 彫刻用 칼과 끌. 나무판에 새김.

割烹 살코기를 잘라서 삶는다는 뜻. 요리함. 또는 그 요리.

劫風 세계가 파멸할 때에 일어난다는 큰 바람.

勳賞 세운 공로에 대한 상.

匠伯 대목의 우두머리. 도편수 都邊首

匹似 예컨대 무엇 무엇과 같다는 뜻. 같은 것. 비슷한 것. 匹如.

十千 一萬.

南柯 허무한 꿈을 이르는 말. 南柯一夢. 꿈에 부귀영화를 누렸다는 고사.

卜宅 집.

却老 늙음을 물리침. 젊어짐.

却笑 도리어 웃다. 조롱하다.

危峰 높은 산봉.

厲風 사나운 바람. 사나울 려

參差 가지런하지 않음. 치

叢樹 꽉 들어찬 나무숲.

古樹 고목나무.

古諺　옛날부터 전해오는 속담.

可堪　감명이 깊어 견디기 힘들음. 那堪.

叱正　꾸짖어 바르게 함.

吹浪　물고기가 물위에 떠서 숨을 쉬느라고 입을 벌렸다 오무렸다 함.

吹雪　눈보라.

呦呦　사슴 우는 소리. 鹿鳴聲.

咖啡　커피.

吾曹　우리들 무리. 글하는 선비.

咫尺　매우 가까운 거리. 짧음. 僅少. 咫는 八寸 尺은 十寸.

咬傷　짐승 독사 독충들에게 물린 상처.

咬齒　이를 가는 일. 憂齒.

哀鴻　슬피 우는 기러기. 전하여 浪民. 鴻雁于飛 哀鳴嗷嗷

哭泣　소리 내어 슬피 울음. 哭泣之哀

善化　깨우치고 이끌어서 착한 사람이 되도록 함.

喓聲　벌레 우는 소리. 喓喓

喔喔　닭소리. 닭 우는 소리. 鷄聲喔喔. 喔喔雞下樹.

嗜慾　즐기려는 욕심.

嗜酒　술을 좋아함.

噴飯　입에 들었던 밥을 내 뿜음. 참을 수 없는 웃음.

嘉肴　맛이 좋은 안주. 맛있는 물고기.

嘹戞　새가 시끄럽게 지저귀는 소리. 野鳥嘹戞巖花春

因閑　한가함으로 인하여. 한가함을 빌미로.

城廊　성 위의 군데군데 세운 다락집.

城樓　성 위에 세운 높은 望樓.

城隍　서낭國 서낭신이 붙어 있다는 나무.

堤堰　물을 가두어 놓기 위하여 강이나 계곡을 가로 질러 쌓아 올려 막은 둑. 땜. 堰堤.

堪耐　어려움을 참고 견딤. 堪忍 꾹 참고 견딤. 忍耐.

垂老　칠십 세에 가까운 노인.

塋樹　묘지에 심은 나무.

塵籠　티끌 둥지. 속세.

塵緣　세속의 번뇌스런 인연. 俗緣. 塵累. 塵鞅

多是　온통.

夢寐　잠을 자며 꿈을 꿈.

夢斷　꿈 깨다. 잠이 깨다.

天畔　하늘가. 天邊.

天縱　날 때부터 훌륭함. 하늘이 놓아 내려 줌.

天眞　타고난 그대로의 순수함. 純眞.

天樞　북두칠성의 첫 별 북두성과 직선. 璇, 璣, 權, 玉衡, 開陽, 搖光 첫째부터 넷째를 魁, 나머지 세별을 杓라 하며 魁와 杓를 합한 일곱별을 斗라함.

天漢　銀河水. 天河. 河漢.

失黏　漢詩 詩句에 平仄이 고르지 아니함. 붙일 점

奈落　지옥.

好雨　때맞추어 내리는 단비.

嬌多　교태가 많음. 야살스런 모양.

孤月　외롭고 쓸쓸히 떠 있는 달.

孩笑　어린애의 웃음. 천진난만한 웃음. 小兒如孩笑

射飛　날아가는 새를 쏘다.

小塢　작은 동산. 뜰의 정원. 화단.

尙憐　그리는 마음.

厖眉　숱이 많은 눈썹. 노인.

幼學　십세 되는 나이.

幽明　이 세상과 저 세상. 밝은 세상과 어두운 세상.

幽深　그윽하고 깊숙함.

幽尋　조용히 찾아들다.

幽懷　그윽한 회포.

幽興　그윽한 흥취.

幾多　그 얼마인가.

守拙　어리석음을 지킴. 자기 분수에 만족함.

宏才　크고 훌륭한 재능. 굉재탁식 큰 재능과 뛰어난 견식.

客夢　객지에서 꾸는 꿈. 여관에서 꾸는 꿈. 孤燈燃客夢

宵人　소인배들. 이기만을 추구하는 소인배들. 밤소. 작을 소

宿凍　겨우내 꽁꽁 언 어름.

宿鷺　졸고 있는 백로. 자는 해오리.

宿宿　二泊. 이틀 밤을 묵음. 信宿. 一泊 曰 宿. 二泊 曰 信.

宿緣　前世부터의 因緣. 宿因. 愛欲未除 宿緣是畏

宿好　옛 부터 좋아하는 것. 오래전부터 즐기는 것.

寂滅　번뇌로움을 떠난 열반의 경지.

廁神　뒷간의 신. 紫姑神.

寒林　쓸쓸한 숲. 겨울철의 숲.

寒蟬　가을 매미. 쓰르라미.

寒雀　겨울을 맞는 참새.

寡鵠　짝 없는 한 마리의 고니. 白鳥. 배우자를 잃은 사람.

廢池　못. 웅덩이.

層雲　여러 층으로 겹친 구름. 지평선과 나란히 층상을 이루
어 땅에 가장 가깝게 일어나는 구름. 안개구름.

層巒　겹으로 연하여 진 산 봉우리.

履聲　사람이 다니는 발자국 소리. 我識鄭尙書履聲

岐黃　岐伯과 黃帝. 黃帝內徑 參照

岬岫　산허리. 또는 산의 岩窟.

峭崖　몹시 험한 낭떠러지. 山斷峭崖立

峽村　두메에 있는 마을.

峽雨　계곡에 내리는 비. 峽雨落餘飛

崇樓　높은 다락. 高樓. 危樓.

崖岸　물가의 斷崖. 오만하여 남과 어울리지 않음.

爐光　산기가 김처럼 올라 빛나는 모양.

爐氣　산에 가득 찬 안개. 山氣. 夕曛爐氣陰.

嵐翠　푸른색의 산기. 雪銷爐翠生

帆影　멀리서 본 돛의 모양. 또는 배 그림자. 岸廻帆影疾

平觀　굽어 보다. 登高하여 종람함.

庭柯　집 뜰에 있는 나무의 가지. 뜰에 심은 나무. 園樹. 庭樹

庭牆　뜰의 울타리.

廢蟄　외출을 全廢하고 집안에만 박히어 있음. 杜門不出

廣漠　넓고 아득함. 한없이 넓음. 廣莫. 廣漠之野

廣肆　넓은 점포. 제 멋대로 함. 또 그 모양..

廣榭　넓고 큰 누각.

廣闊　훤하게 전망이 트이어 너름.

弄艶　요염 떨듯. 요염 피울 듯.

强仕　사십세 되는 나이.

强飯　억지로 밥을 더 먹음. 强飯勉之. 몸을 소중히 여김.

强欲　만족함을 모르는 욕심. 强慾. 貪慾.

强顔　두꺼운 낯가죽. 厚顔無恥.

弱冠　이십세 되는 나이.

形迹　뒤에 남은 痕迹. 形跡

彩靄　아름다운 아지랑이. 開霞泛彩靄

彩霞　아름다운 노을. 沈吟彩霞沒　夢寐群芳歇

彩虹　아름다운 무지개. 彩虹縷高雲

彫琢　새기고 쪼음. 문장의 자구를 아름답게 다듬음. 彫刻琢磨.

得達　목적지에 도달함. 목적을 달성함.

微茫　땅거미. 어스름.

心寬　마음이 너그러움.

心齊　뜻을 한결같이 하고 마음을 비워 도에 합함.

心垢　마음의 때. 영악한 마음. 煩惱

忙迫　일에 몰리어 몹시 바쁨.

忘機　세상사. 욕심을 버림. 沒我의 상태.

忤視　거슬러 봄. 흘겨 봄.

怖慄　겁이 나서 떨음. 恐慄. 悚慄. 悸慄

怒嶺　험한 마루. 峻嶺

急霰　느닷없이 내리는 우박.

惡月　음력 오월. 毒月. 오월은 나쁜 일이 많이 생긴다함.

悠然　침착하고 여유 있는 모양.

惠風　화창하게 불어오는 바람. 봄바람. 天朗氣晴 惠風和暢.

惱人　사람을 수고롭게 하다. 作詩苦.

悲風　애절한 느낌을 주는 바람. 늦가을의 쓸쓸한 바람.

悲酸　코가 시큰거림. 슬픔.

悵望　서글피 바라봄.

惻隱　딱하고 가엾음. 惻隱之心. 人皆有之

愁眉　찌푸린 양미간. 수심에 찬 얼굴.

愁霖　근심을 일으키는 장마 비. 浮雲蔽中天 愁霖隔秋窓.

愕視　깜짝 놀라서 서로 봄. 愕視沈沈.

愧羞	무안해함. 부끄러워 함. 羞恥. 愧恥.
愷風	남쪽 바람. 南風. 凱風. 順愷風以從遊
慙汗	몹시 부끄러워서 흘리는 땀.
憍盈	교만으로 가득 참. 驕盈.
憐悼	죽은 사람을 불쌍히 여김. 불쌍히 여겨 슬퍼함. 哀悼. 憫悼.
愼勿	삼가지 말라.
憨寢	푹 자는 것. 熟眠함. 僮僕憨寢
憩泊	쉬어 머물음. 머물러서 휴식함.
懃懇	은근하고 간절함. 친절.
懇談	마음을 털어놓고 정답게 이야기 함. 정다운 이야기.
懇篤	정이 깊고 두터움. 친절함.
懶龍	펑퍼짐한 산줄기.
懶情	게으름. 조심성이 없음.
戀枕	일어나기를 꺼림. 몹시 누워 있고자 함. 戀枕嫌多夢
成童	십 오세 이상의 아이.
戒飮	술을 삼감. 음주를 조심하고 징계함. 戒酒
或曰	어떤 사람이 말하는 바. 或云.
戾天	하늘에 닿는다고 생각할 정도로 높이 솟음. 鳶飛戾天
抔飮	손으로 움켜서 마심. 움큼 떠서 마심. 掬飮 물을 움켜마심.
拙吟	잘 짖지 못한 시. 자기 시의 謙稱. 拙著
拾遺	빠진 글을 뒤에 보충함. 행위의 결실을 보충함.
振天	소리가 하늘까지 떨쳐 울림. 명성이 높아짐. 鐘鼓之音

上振於天

掄材 좋은 재목을 골음. 升景山掄材木

接吻 입맞춤. 接脣. 키스.

接踵 발꿈치를 잇댐, 사람들이 계속하여 왕래함. 사물이 계속해 일어나서 끊어지지 않음. 續發.

控腸 음식을 먹지 않아 빈창자.

提醒 잊었던 것을 깨우침.

揩磨 문대고 밀음.

揭板 詩文을 써서 樓閣에 건 나무판.

揮巾 신부가 음식을 먹을 때나 세수할 때에 무릎을 덮는 헝겊. 곧 행주치마 따위.

搖扇 부채질을 함.

撮土 한 줌의 흙. 적은 토지.

故人 친구.

散村 집들이 한 곳에 모여 있지 않고 사방에 흩어져 있는 마을.

數奇 운수가 사나움. 불운. 기박한 운수.

文思 학문과 교양이 있고 생각이 깊음. 우아하고 신중함.

斑鳩 산비둘기.

斑指 한 짝으로만 된 가락지. 약혼반지.

斗南 북두칠성 이남의 천지. 곧 온 천하를 이르는 말. 斗南才 천하에 으뜸가는 재주.

斜柯 비스듬히 비껴 나간 가지. 비스듬히 기울음. 架松. 橫柯

斜影 비스듬히 비친 그림자. 저녁 해 또는 달에 비친 그림자.

斷續 끊일 듯 이어짐. 斷復續.

方暢 바야흐로 和暢함.

日脚 햇발. 비낀 햇살.

早晩 머지않아. 조만간.

昏黑 날이 저물어 어두움. 시커멓게 어두워 짐.

春睡 봄철의 노근한 졸음.

春叢 봄풀떨기. 다북한 봄풀.

時景 철 따른 자연의 물색.

晩空 저녁하늘. 西山.

晨征 아침 일찍 나아감. 晨行.

晨鐘 새벽에 치는 쇠북소리.

晴嵐 맑게 갠 날씨에 산이나 들에서 蒸發하는 아지랑이.

暗雲 금방 비가 내릴 듯한 시꺼먼 구름.

暗香 어디선지 은은히 풍겨오는 향기. 早蓮飄暗香

暮蟬 저녁에 우는 매미.

暮靄 저녁 아지랑이 또는 저녁안개.

暫樂 잠깐의 기쁨. 얼마간의 즐거움.

曈曈 日出時의 太陽의 모양. 海日高曈曈. 해 돋은 때 빛이 환해 오는 모양. 曈曈太陽如火色

曉霜 새벽 서리. 새벽에 내리는 서리. 曉霜楓葉丹

曉月 새벽달.

曳聲　길게 소리를 끌다. 길게 소리를 끌면서 우는 매미소리.

更多　더욱 많아지다.

更好　더욱 좋다. 더욱 아름답다.

最憐　가장 앙증맞다. 가장 얄밉다.

月露　가을 달빛에 비치는 이슬.

月娥　달. 姮娥.

月黑　어스름 밤.

期頤　백살. 百歲曰 期頤. 늙은이 이

欲狂　미칠 듯하다.

欲蕪　거칠어 가다. 將蕪.

散盡　다 흩어져 없어짐.

村墅　시골 별장.

杞憂　쓸데없는 걱정. 杞人憂天 기나라 사람이 하늘이 문어질까 걱정
했다함.

杳冥　깊고 아득하여 어두움. 雲霧杳冥.

梢頭　가는 나뭇가지의 끝. 꼭대기. 杪頭

杯池　술잔과 같이 작은 연못. 杯池白魚小

松濤　소나무 잎에 바람이 스치어 물결 소리같이 나는 소리.
松籟松韻. 下廉危坐聽松濤

松籟　소나무 소리. 松聲.

松鱗　물고기 비늘같이 된 늙은 소나무의 겉껍질.

松烟　소나무를 태운 그을음. 먹.

松楸 소나무와 가래나무. 묘지. 조상의 산소. 묘지에 소나무와 가 래나무를 심은 데서 유래.

松黃 松花, 松花 名 松黃,

林塘 숲의 제방, 또는 숲 속의 연못. 數畝林塘繞一家

林霏 숲에 엉기는 짙은 안개.

林藪 숲. 덤불. 초목이 우거진 시골.

林壑 산림이 깊숙하고 으슥한 곳.

柳溪 실버들 어리비친 맑은 시내.

柳眉 버들 잎 같은 눈썹. 미인의 눈썹.

柳陌 버드나무를 심은 둔덕길.

柳絮 버들 꽃. 버들개지. 버들 솜.

相過 찾아오다. 來訪.

柔枝 연약한 가지.

栗鼠 다람쥐.

根瘤 고등식물의 뿌리에 붙은 혹 모양의 조직. 세균 또는 菌絲의 침입으로 이상발육 하여서 생김.

柴立 병들고 파리하여 몸이 마른 나무처럼 뼈만 서 있음.

桃蹊 복사꽃 피는 오솔길.

條風 東北風.

梵音 經을 읽는 소리.

棚棧 계곡을 가로 질러 높이 걸쳐 놓은 다리. 부두에서 선 박에 걸쳐 놓아 선객에게 편하도록 물 위에 가설한 구

조물. 棧橋.

楓岸 　단풍나무가 있는 언덕.

棲遁 　세상을 피하여 숨어서 살음. 隱居. 棲隱.

棲遲 　편안히 놀며 지냄. 은퇴하여 살아감.

極妙 　지극히 교묘함. 至妙. 아주 묘미가 있음.

簷雨 　처마 끝에서 방울방울 떨어지는 비. 簷雨亂淋幔

樵蹊 　나무꾼이 다니는 오솔 길. 산길.

欠伸 　하품과 기지개.

欲刺 　五欲(財欲　色欲　食欲　名譽欲　睡眠欲)을 가진 사람이
　　　 갖는 번뇌를 이르는 말.

欽羨 　사모하고 부러워함. 歆羨. 時人莫不欽羨焉

歇脚 　잠시 다리를 쉼.

歲寒 　추운 계절. 겨울. 老年.

歷程 　거치어 밟아온 길.

殊賞 　특별한 상.

殘生 　시든 인생.

殘月 　새벽달.

殘夜 　새벽녘. 未明.

殘星 　새벽녘의 별. 殘星幾點雁橫塞

殘暉 　노을 빛. 석양.

水國 　강이나 호수가 많은 지역. 물의 나라.

水落 　골짜기의 물이 줄어듦.

水墨　연한 먹물.

水雲　물이 흐르고 구름이 머무는 물가.

泉韻　물 흐르는 소리.

汎泉　옆으로 솟는 샘.

汎濫　샘물이 솟아 넘침. 솟아나는 물.

沙漲　물이불어 사장이 넘치다.

沙汀　모래 기슭. 강 언덕.

沙鳥　물새.

汀沙　모래 벌. 沙場.

津筏　나루를 건너는 뗏목. 津船 나룻배.

洽覽　두루두루 봄. 洽覽深識. 博覽.

消遣　기분을 품. 소일. 보낼 견

消遺　녹아 없어짐. 삭아짐. 잃어버릴 유

浪底　물결 밑. 물이랑 속.

浪出　부질없이 나다님.

流鶯　나무에서 나무로 날아다니며 우는 꾀꼬리. 繞殿流鶯凡
　　　幾樹

流螢　흘러가는 반딧불.

浮生　덧없는 인생살이. 뜬 인생.

浮蟻　술잔이나 술 단지에 뜬 밥알 같은 것. 동동주. 綠蟻.

淅瀝　비, 눈, 싸락눈이 오는 소리. 霰淅瀝. 애처롭고 쓸쓸한
　　　모양.

凄日　오슬오슬 추운 가을 날. 가을 날. 凄日.

凄風　쌀쌀한 바람. 고추바람. 西南風. 凄風

淡雲　엷은 구름. 薄雲. 淡雲籠月照梨花

淡靄　엷은 안개. 경애. 淡靄輕颸入夏初 〈深霧〉

淸鑒　고결하신 분께서 보아줍소서. 淸覽. 高覽. 雅鑑.

淸談　명예나 이익을 떠난 맑은 이야기.

淸士　푸른 선비 즉 대나무.

淸慮　마음에 잡된 생각이 없이 맑고 깨끗함.

淸曉　상큼한 새벽. 이른 새벽.

深耽　일에 매우 열중하는 것.

混林　여러 가지 종류의 나무가 뒤섞여 있는 수풀. 雜林. 混
　　　成林.

淺酌　조용히 알맞게 술을 마심. 淺斟. 玉杯淺酌巡初匝

淺灘　여울.

淫視　곁눈질하며 봄.

添齒　나이를 한 살 더 늘음.

渠堰　개천과 둑. 川澤津梁 渠堰陂池

渣滓　찌끼. 沈澱物.

濫泉　똑바로 솟는 샘.

游禽　물새. 헤엄치는 새. 기러기. 오리 따위. 水禽.

漠漠　아득히 먼. 저 멀리.

涵碧　푸른빛을 띰. 하늘이나 바다의 푸르름.

116

漏天   비가 너무 많이 오는 것을 말함. 하늘이 샌다는 뜻.

濛濛   어스름. 혼몽함. 鴻濛

煙樹   아지랑이나 안개에 쌓인 나무, 안개 속에서 보얗게 보
       이는 나무. 煙林. 鳥過煙樹宿 螢傍水軒飛

煙沈   물안개 짙게 깔림. 내가 짙게 깔림.

煙霞   안개와 노을. 곧 아름다운 자연.

煙花   봄철에 안개가 끼어 아름다운 경치. 煙火三月下揚州.

潤筆   글씨를 씀. 揮毫. 붓을 적심.

焦螟   모기의 눈썹에 집을 짓고 사는 작은 벌레.

焦臭   고린내. 화독내. 불내날 초

無奈   어찌. 아니하랴. 어찌 할 것인가. 어쩌랴.

爛柯   도끼자루가 썩음. 신선놀음에 도끼자루가 썩는다.

牛眠   좋은 묘 자리.

物外   세상 물정을 벗어난 바깥. 속세의 밖.

狂狷   뜻만 커서 떠벌이고, 식견이 좁아 고집이 셈. 고집스러울 견

狂濤   미친 듯이 거칠게 이는 물결. 狂瀾. 狂濤顚浪高漫漫

狂花   제철이 아닌 겨울에 핀 꽃.

狐媚   여우가 사람을 호리듯이 아양을 떨고 미혹시킴.

狗膏   보약으로 먹는 개를 진하게 삶은 국물. 개소주

猜嫌   새암 하여 싫어함.

玉聲   옥 같이 졸졸 흐르는 물소리.

玩愒   세월을 헛되이, 단지 시일을 보냄. 탐할 개

珍羞　진기하고 맛좋은 음식. 珍膳. 珍羞盛饌. 珍饌. 珍烹

琪樹　옥과 같이 아름다운 나무. 눈이 많이 쌓인 나무의 모양.

瑞雪　처음 내리는 눈. 新雪.

瑤草　고은 풀.

瓦松　지부지기. 瓦花.

甍宇　기와를 올린 지붕. 宇는 사방으로 이어내린 지붕. 棟
　　　宇. 家屋.

甘凉　달콤하고 시원함. 상큼한 물맛.

甘藿　미역. 甘藿湯 미역국.

生粟　소름이 끼침.

異臭　이상한 냄새. 코를 찌르는 싫은 냄새. 惡臭.

異香　이상야릇하게 좋은 향기. 이상한 향. 말할 수 없이 좋
　　　은 향기. 一片異香天上來

疊嶺　겹쳐 있는 산봉우리. 疊峰.

疏雨　성기게 오는 비. 疏雨從東送疾雷.

疎松　드문드문 서 있는 소나무. 성근 솔 숲.

疏鑿　개천이나 우물을 처서 물이 통하도록 함. 巴東之峽 夏
　　　候疏鑿

疲乏　疲困함. 勞困함. 약해짐 人馬疲乏.

疾雨　몹시 쏟아지는 비. 强雨. 猛雨. 迅雷疾雨.

登歷　산에 올라 두루 돌아 봄.

發暢　싹 따위가 뾰족뾰족 돋아나옴.

白眉 여럿 중 가장 뛰어남.

白屋 초가집. 가난한 집.

白煙 아침 안개. 이내.

白雨 소낙비.

白月 희게 빛나는 달. 겨울철의 싸늘한 달.

白酒 막걸리.

百祥 온갖 행복과 온갖 상서로움. 作善降之百祥.

百舌 百舌鳥. 지빠귀. 혹은 때까치. 가을에 마을 근처에 와
서 날카로운 소리로 울음. 赤葉楓林百舌鳴.

皮袋 가죽자루. 사람의 몸뚱이. 誰謂臭皮袋 自藏如意珠.

皓齒 희고 깨끗한 이. 미인의 이.

眠雲 산간에 살음.

眼穿 서로 간절히 보고 싶어 함. 몹시 그리워함. 뚫어지게 봄.

睇眄 곁눈질함. 슬쩍 봄. 睇眄 곁눈질로 봄. 眄睇.

睡鄕 꿈나라. 잠자는 동안에 혼이 가는 곳. 睡鄕深處作奔雷.

睦族 동족끼리 서로 화목하게 지냄. 화목한 집안. 齊家睦族

睥睨 곁눈으로 흘겨 봄.

矮屋 낮고 조그마한 집. 小屋.

破的 격식. 규격에 맞다.

碧洞 신선이 사는 골짜기.

碧蘚 푸른 이끼. 白石巖扉碧蘚滋

碩老 덕이 높은 노인. 大人. 君子. 耆儒碩老

神道　묘소로 가는 길. 墓門.

神傷　정신이 아찔하고

神凝　정신이 오롯해지다. 정갈함. 상쾌해.

禮貌　예의 바르게 남과 접촉하는 것. 예의 바른 태도. 예절
에 맞는 모양. 禮容. 禮貌衰則去之.

禮宴　축하, 환영의 뜻을 표하기 위하여 예를 갖추어 베푼
宴會.

禱請　신에게 기도하여 소원 성취를 빌음. 百姓耆老爲禱請

禿樹　잎이 떨어진 나무. 禿木.

秋霧　가을철의 안개. 焚香秋霧濕.

秋香　국화 향기.

積翠　중첩한 녹색. 곧 푸른 산을 형용함. 積翠全低嶺.

稽古　옛 것을 배우고 따름.

空有　헛되이.

空翠　먼 산의 푸른 빛. 높은 나무의 푸른 빛.

突兀　우뚝 솟음. 산이 높게 우뚝 솟은 모양. 突兀便高三百尺.

窈渺　고요하고 아득하여 그윽한 상태.

窮途　막힌 길. 곤궁한 처지.

立泉　폭포. 立泉落落.

颯然　가볍고 시원스럽게 부는 바람소리. 颯颯.

颯颯　후드득 듣는 빗소리. 颯然.

竹窓　대 그림자 비친 창.

120

簷月　처마에 매달려 있는 듯한 달.

簷際　처마 끝.

簷響　처마의 빗방울이 떨어지는 소리. 簷響通夕鳴

粗野　됨됨이가 촌스럽고 천한 모양. 조심성 없고 거친 모양.

粗暴　거동과 행실이 거칠고 포악함. 亂暴.

粟膚　추위로 살이 까슬까슬해짐.

粧淚　화장한 얼굴을 적시는 눈물. 粧淚紅欄干.

紅日　붉은 태양. 일출의 모습.

紅粧　붉은 단장. 연꽃. 蓮花. 荷花.

純一　다른 것이 섞이지 아니함. 성품이 꾸밈이 없음. 純一之德

素交　오래된 사귐. 바른 사귐. 舊交

素飯　고기반찬이 없는 밥. 소밥.

素貧　전부터 가난함. 素貧嗜酒

紛華　번성하고 화려함. 여러 사람이 북적거리고 번창함.

紫陌　서울의 번화한 거리.

紫翠　자주 빛과 푸른 색. 山의 경치를 형용한 말.

終是　나중까지 끝이 나도록. 끝내.

終風　하루 종일 부는 바람. 終風且暴.

絮雪　버들 꽃의 異名.

絲路　좁은 길.

絲網　거미줄.

絹帛　비단. 絹布.

絹素　書畫를 쓸 수 있는 비단.

綠溪　푸른빛의 골짜기. 瓜田傍綠溪.

綺羅　곱고 얇은 무늬 있는 비단. 화려한 옷을 입은 사람.

網蟲　그물 치는 벌레. 거미.

縈廻　얽히어 돌아감. 둘러싸다.

總是　이 모두.

繁柯　무성한 나뭇가지. 承翠碧之繁柯.

繁陰　나무나 대가 무성한 곳의 짙은 그늘. 佳木秀而繁陰.

繁花　탐스런 꽃. 다북한 꽃.

繩戲　줄타기. 繩技.

纖月　가늘어진 달. 초생 달. 風林纖月落.

缺月　이지러진 달. 하현달.

罷老　몸도 피곤하고 나이도 늙었다는 뜻. 學者罷老

羅舞　나란히 서서 춤을 춤. 千童羅舞成八溢.

群芳　많은 꽃. 군화. 많은 미인.

羞澀　부끄러워 머뭇거리는 모양.

習氣　이때까지의 습관. 버릇.

習習　강바람이 부드럽게 살갗에 와 닿는 느낌.

翠微　산의 중턱. 팔부능선.

翠影　푸른 나무의 그늘. 翠影紅霞映朝日

翠雨　푸른 잎에 내리는 비. 綠雨. 翠雨滴深篠.

翹秀　재능이 남보다 뛰어나게 우수함. 幼而翹秀 旣長好學

翳葉　잎에 가리다. 隔葉

聳樓　높이 솟은 누각. 聳樓排樹出

聲浪　世評. 音波.

肆廛　店鋪. 肆店. 店肆.

肅霜　된서리. 무서리.

肌理　살결.

草昧　거칠고 어두워서 사물이 잘 정돈되지 않은 상태. 天地
　　　開闢. 국가 통일의 시초.

芳菲　화초가 향기롭고 꽃다움. 향기롭고 고움.

苑囿　대궐 안의 동산.

苞棘　우거진 가시. 肅肅鴇羽 集于苞棘

茂松　우거진 소나무. 停策倚茂松

茅亭　짚이나 띠 따위로 이은 정자.

莫厭　귀찮아하지 마오. 싫어하지 말라.

菘菜　배추.

菜園　규모가 큰 남새밭. 菜圃. 菜圃漸疎花漠漠.

華髮　늙은이. 白髮.

華皓　희고 흼. 백발을 상징함.

落霞　저녁노을. 夕霞

落暉　비낀 해. 夕陽.

葱翠　초록색. 層巒疊嶂 望之葱翠

蒸炎　찌는 듯한 무더위.

蒙茸 풀이 어지럽게 난 모양. 履巉巖 披蒙茸

蒼鼠 푸른 다람쥐. 청설모.

蒼顔 늙어서 여윈 얼굴. 蒼顔白髮.

蒲柳 갯버들.

蓬頭 덥수룩하게 엉클어진 머리털. 蓬髮. 봉두구면 흩어진 머리칼과 때 낀 얼굴. 몸치장에는 관심이 없음.

蓬勃 구름이나 바람이 크게 일어나는 모양. 기운이 왕성해짐.

蓮坊 절의 異稱.

蕨菜 고사리. 고사리나물. 蕨手 고사리의 어린 순.

蕭瑟 가을바람이 소리를 내어 부는 모양.

薄曇 날이 약간 흐릿함. 微曇. 微陰.

薦紳 고귀한 사람. 지체가 높은 사람. 薦紳先生難言之

薰風 첫 여름에 훈훈하게 부는 남풍. 온화한 바람. 南風. 南薰.

藉甚 평판이 높음. 명성이 널리 퍼져서 높음. 名聲藉甚

藕花 연꽃. 蓮花. 荷花. 秋風白藕花

藻雅 시문에 풍치가 있고 아담한 것. 文人學士 藻雅芬芳.

蘆岸 갈대가 우거진 물가 언덕. 煙影侵蘆岸.

蘆葦 갈대.

蘆汀 갈대가 뒤덮인 물가. 雁落蘆汀月未生.

蘊藉 마음이 넓고 조용함. 함축성이 있고 여유가 있음. 溫恭有蘊藉

遲留 오래 머물음.

蘚斑　이끼가 돌 위에 끼어 얼룩점 모양으로 된 것.

蘚崖　이끼 낀 절벽.

藤蘿　덩굴이 지는 풀이나 나무의 총칭.

藜杖　명아주 지팡이. 靑藜杖

蛛網　거미줄. 거미집. 蛛絲.

蛩聲　귀뚜라미의 우는 소리. 蛩語. 蛩音. 西窓獨闇坐 滿耳新

蛩聲

蝸角　달팽이 뿔. 凡夫의 생활.

蝦蟆　청개구리. 달 속에 산다는 두꺼비.

蜂腰　잘록한 허리.

蟬吟　매미의 울음소리. 綠槐高處一蟬吟.

蟻視　개미를 보듯 우습게 봄. 輕視

血淚　몹시 슬프고 분통해서 나오는 눈물. 捫膺涕泣 血淚彷徨

行酒　잔에 술을 부어 돌림.

行饌　여행 또는 소풍을 갈 때 집에서 가지고 가는 반찬.

衍盈　넘치어 참. 너무 가득함. 盈衍. 衍溢.

街童　길거리에서 노는 아이.

解醒　해장. 술독을 풀기 위하여 조반 전에 해장국과 함께

술을 약간 마심. 解醒酒. 解醒湯.

觀風　다른 나라의 풍속. 인정을 봄. 기회를 봄.

觸鼻　냄새가 독하여 코를 찌름.

詩眼　시의 눈. 시 작품에서 핵심 되는 말. 詩的 眼目. 五言에

서 三字. 七言에서 五字.

諧謔　익살스럽고도 품위 있는 조롱. 該諧. 유모어.

谷風　東風.

豈是　어찌 하리까. 어찌 하겠는가.

豈知　어찌 알랴.

豪俊　재주와 지혜가 뭇 사람에 빼어남. 그 사람. 選豪俊 講
　　　文學

負暄　햇볕을 쬠.

資稟　사람 된 바탕과 타고난 성질.

贅言　쓸데없는 너저분한 말. 贅談. 贅辭.

贅行　하지 않아도 좋은 군 행동.

贏羨　재물이 넉넉하여 여유가 있음.

赤霞　붉은 저녁노을. 赤霞動金光.

赤身　벌거벗은 몸. 알몸. 赤裸. 赤裸裸.

起峰　잇닿아 있는 산 가운데서 가장 높은 봉우리.

起程　여행을 떠남. 發程

超邁　보통보다 뛰어남. 남을 뛰어넘어서 월등함. 超世. 超凡.
　　　超俗

足樂　사뭇 즐겁다. 즐길 만하다. 可樂.

跂望　발을 제겨디디고 먼 곳을 바라봄.

跋剌　물고기가 팔딱팔딱 뛰는 모양. 潑剌. 새가 나는 소리.
　　　跋剌飛鵝鶬

跋涉 산을 넘고 물을 건너서 여러 지방을 돌아다님. 丈夫跋涉

跋扈 제 멋대로 날뜀. 큰 고기가 통발에서 빠져나와 도망침.

跣行 발 벗고 걸음. 맨발로 걸음. 越人跣行.

跪拜 무릎을 꿇고 절함. 跪伏 무릎을 꿇어 엎드림. 무릎을 꿇음.

踈雨 성긴 비. 소낙비.

踞坐 걸터앉음.

蹻足 발뒤축을 들음. 발 돋음 함.

軒眉 눈썹을 든다. 머리를 드는 것.

軟柳 연약한 버드나무. 부드러운 버들가지.

輝煌 광채가 눈부시게 빛남. 花燭步張 輝煌皎若

輪禍 차량에 의하여 입은 모든 피해. 교통사고.

辭去 작별하고 떠나감. 訣別.

迅風 세게 몰아치는 바람. 疾風. 迅風拂裳袖

送老 노경의 소일.

逸才 뛰어난 재주.

遊歷 여러 곳으로 돌아다님. 여러 곳으로 유람함.

遊山 산으로 놀러 다님. 遊山客 산으로 놀러 다니는 소풍객

通韻 소리가 비슷하여 서로 통하여 쓸 수 있는 韻. 寬韻. 例; 東冬 江 三韻. 支 微 齊 佳 灰 五韻은 각각 서로 通用해 쓸 수 있는 韻字 곧 通韻임.

道境 도가의 경지. 도의 경지.

遁思　세상을 피해 살려는 생각.

遁避　세상을 피하여 숨음. 遁避思想 현실 사회와 관계를 끊고 숨어 살려는 생각. 隱遁思想.

遐觀　멀리 바라봄. 먼 곳을 바라봄. 遙望

遐年　오래 살음. 長壽. 遐齡. 遐壽.

遐鄕　먼 곳.

遲日　구름 사이로 번득번득 비치는 해.

遶弄　둘러싸고 희롱함.

那堪　어찌 감히 ~ 하랴.

都是　모두가. 도무지.

鄙俗　아주 속됨. 촌스러움.

醇酒　좋은 술. 진하고 맛있는 술.

醉趣　술에 취한 동안에 느끼는 좋은 기분.

醉鄕　술을 마시어 느끼는 즐거운 경지.

醒寤　잠이 깸.

見賞　보고 즐기다. 완상하다.

重有　다시금.

重攀　다시 오르다.

野俗　인정머리 없고 쌀쌀함. 섭섭하여 언짢음.

野逕　들길.

野靄　들에 낀 안개. 野靄晴拂枕

野店　시골 주막.

野翠 들의 초록빛. 野翠生松竹

金絲 노랗게 늘어진 버들가지.

銘刻 쇠와 돌에 글자를 새기는 것. 또는 그 글자. 刻銘.

長旱 오랜 가뭄.

長眠 永眠. 長逝.

開鑿 산을 뚫거나 땅을 파서 길을 냄. 운하를 파서 수로를 염.

開荒 황무지를 개간함.

陋巷 좁고 더러운 골목. 가난한 사람이 사는 곳.

陰木 그늘진 곳의 나무.

隨陽 양지를 따라. 남녘으로.

雅言 우아한 말. 正言. 늘 하는 말. 常

雅懷 고상하고 품위 있는 생각. 아취가 있는 회포.

雕楹 조각한 큰 기둥. 丹柱雕楹 飛閣層樓. 雕梁 조각한 대들보.

雕板 문자를 나무에 조각하여 부침. 또는 그 板木.

雨脚 빗발. 비 소리.

雨宵 비 내리는 밤.

雪意 눈의 뜻. 눈을 사람에 비하여 표현함.

雪花 눈꽃. 갈대꽃.

雲根 구름이 생겨나는 밑뿌리.

雲錦 구름비단. 아침노을.

雲雷 구름과 천둥. 風雲.

雲畔 구름 낀 산허리. 구름 언덕.

雲漢　銀河. 하늘.

雲壑　구름에 잠긴 깊은 구렁.

雲行　구름 속을 걷다.

零落　초목의 잎이 시들어 떨어짐. 살림이나 세력이 보잘 것
　　　없음.

露濕　물기에 젖음.

霰雪　빗방울이 땅에 가까워 온 다음 갑자기 응결된 것. 진
　　　눈깨비.

霧楊　안개 낀 버들. 안개에 쌓인 버들.

露華　이슬이 반짝임. 露光

露花　이슬에 젖은 꽃.

霽月　비개인 하늘에 뜬 달.

靈景　영묘한 경치. 아주 외따로 떨어진 조용한 경치.

靈泉　뛰어난 좋은 샘. 온천의 이침. 靈泉滿溢.

靑雲　높은 이상. 理想.

靑霄　푸른 하늘. 蒼空. 靑玄

靑嵐　푸릇푸릇한 산의 기운.

靑歲　젊은 나이. 소년.

靑陽　봄. 春爲 靑陽. 夏爲 朱明. 秋爲 白藏. 冬爲 玄英.

額字　현판에 쓴 글자.

風煙　멀리 보이는 흐릿한 기운. 아른한 풍경

風燭　바람 앞의 촛불. 나이가 많아 여생이 얼마 남지 아니함.

130

飛潛　나는 것과 잠기는 것. 날짐승과 물고기.

餘愚　어리석음이 지나치다.

驚湍　쏜살같은 여울. 몹시 빠른 여울.

驚灘　놀란 여울. 봄을 맞은 여울 물.

驟雨　갑자기 쏟아지는 비. 소나기.

魂魄　魂은 정신적 활동을, 魄은 육체의 생명을 주관함. 歸于
陽天歸于陰地.

鳥道　새나 다닐 험한 길. 아스라한 산길.

鳴條　바람이 세차게 불면 나뭇가지가 울려 소리가 나는 상태.

鷄唱　새벽을 알리는 닭 울음소리.

鶴髮　학의 깃털 같이 흰 머리칼. 白髮.

鱗鱗　잔잔한 물이랑이 햇빛에 반짝반짝 일렁이며 반사되는
모양.

麗風　서북에서 불어오는 바람. 厲風.

麥風　오뉴월 바람.

黃蘆　갈대. 가을 갈대.

齒宿　나이 먹음. 老人. 齒長.

龜息　거북처럼 엎드려 숨어사는 것.

三字語

尙飄蓬　아직도 떠도는 신세
空度日　나날을 건상 보내며
獨爾思　그대 생각뿐이요
風霜入　바람 스미고
日月遲　세월 더디고
思不群　생각 워낙 뛰어나
春天樹　꽃피는 봄 하늘
日暮雲　날 저문 저녁놀
誰能馴　그 누가 길들이겠소이까?
七齡思　나이 일곱에 생각이
生靈籟　신비스런 바람이 일고 　통소 뢰
發深省　깊은 감명 안겨주누나
復幾日　언제이더뇨
各自遠　헤어질테니
雲雪岡　눈 덮인 등성이에서
何有哉　무슨 상관이요
塵埃沒　최저 생활을
百草零　풀이 시들고
塞寒空　추운 하늘을 가리고

留歡娛　머물러 누리는 즐거움에

吹魚腥　바람 불어 비린내 날고

未解憶　그리는 줄 아지 못하리

玉臂寒　하얀 팔 차게 하리라

草木深　초목만 우거졌네.

何尙新　어째서 갈수록 새로운고?

德過人　그 덕은 범상을 넘은 이라

松風長　솔바람 불어 닿는데

征途間　저기 저 길손 가운데서

少暇日　한가로운 날이 적은 때라

久未出　오래도록 나오지 못했다

鳴黃桑　누렇게 단풍진 뽕나무에서 울고

盡華髮　머리가 몽창 세었고

松聲逈　솔바람소리 아스라하고

情懷惡　마음 하도 언짢다보니

無不爲　하지 않는 것이 없다

對童稚　아이들과 마주 앉으니

少爲貴　비록 적기는 해도 소행이 대단해서

積霜露　바야흐로 서리가 덮쌓여

力雖衰　힘이야 없쇠다만

登前途　앞길을 떠나는데

棄路傍　길가에 버리다

雖不遠　비록 멀지는 않아

洗紅粧　화장을 짓소.

永相望　물끄러미 바라봐야 하니

黑相顚　시커먼 잣나무 꼭대기에

鳴辛酸　쓰라리게 울부짖으며

苦猶食　써도 먹으며

恐羞澁　부끄러울까봐서

斷人行　통행인이 끊어지고

一雁聲　짝 잃은 외기러기 소리

知愁恨　나의 시름을 짐작해

身後事　죽은 뒤의 일이 아닙니까?

何來此　언제 여길 오셨소?

已颯然　하마 을씨년스럽소이다.

慰老夫　늙은 나를 편안케 하랴

子規叫　소쩍새가 우니

令人傷　우리로 하여금 상심케 하니

豈專達　오로지 사무치게 하료

亦何幸　어찌 다행이 아니랴

踰歲月　한해가 넘어간다.

從玆老　이곳에서 늙으려니

微有聲　나직나직 소리 나누나

春將晚　봄은 날로 저무는데

風怒號	바람이 세차게 불어 닥쳐
長林梢	긴 숲의 나무 가지에
宿霧中	밤을 잔 안개 속에서
鳥相呼	새는 서로 정답게도 불러댄다
乍有無	잠깐 반짝했다 또 끔뻑하누나.
落日斜	해가 넘어가는 무렵이었다.
微風岸	강둑의 가만한 바람
平野闊	널 넓은 들판에
一沙鷗	모래 위 갈매기여
夜色凄	쓸쓸하다 밤빛처럼 처량해
那聽此	이를 어찌 들으랴
傍人低	내 옆에 나직이
催柳別	버들은 이별을 재촉하고
丹靑落	단청이 사위고
草木長	초목만이 우거졌네.
日疏蕪	날마다 성기고 거칠어지니
攻吾短	나의 단점을 다스리고
晚照紅	저녁이라 노을 빨갛다
飛星過	별똥이 떨어지니
吾家事	우리 집안의 사업이라고
解我憂	나의 걱정을 덜었다
常道路	항상 길에서 헤매었으니

晝多霧　낮인데도 안개가 자욱하고

宿雲端　하늘 끝에서 묵는다.

語夜闌　밤이 이슥토록 도란거린다. 늦을 란

自驚衰　힘이 없음을 스스로 놀래니

眼忽開　눈이 버쩍 띄어

自學操　스스로 다룰 줄도 알아

幾反覆　몇 번이나 바뀌고 바뀌었건만

荒江涘　거친 강물이 평퍼짐한 곳을

人倫表　인륜의 사표라고

不禁愁　시름 참기 어려워라

病年侵　병이 해마다 보태졌소.

疊靑岑　푸른 봉우리가 포개져 있소

雨滯淫　지루하게 내리는 비는 구질구질 해서

開淸旭　해맑은 아침 햇볕이 활짝 쪼이는 곳에

實照臨　그 진실 됨을 비쳐주고 있소

流依舊　흐르는 물은 예전과 다름이 없고

涕作霖　눈물이 비 오듯 하오

碧峰頭　푸른 산봉우리

海漫漫　바다는 끝없이 넓고 아득하며

難於山　산보다 험하고나

險於水　물보다 험하고나

欲語遲　수줍은 듯 대답이 없어

邀相見　저쪽 사람을 불러 서로 본다.

始出來　겨우사 나타났건만

三兩聲　두서너 소리

河漢女　직녀성. 직녀

奈老何　늙음이 오는 것을 어찌 하리오

無纖塵　티끌 하나 없고

含宿雨　밤비를 머금었다

帶春烟　봄 안개를 띠었다

使人愁　시름만 더해진다.

暮江頭　저녁 강가에서

孤鶯啼　꾀꼬리 외로이 우 짖는다

薄倖名　박정한 사람. 바람둥이

到天明　새벽이 이르렀다

鳥空啼　새들만 지저귈 뿐

弄春柔　봄다운 부드러움을 지니고 있다.

松千樹　우거진 소나무 숲

隱不還　숨어 나오지 않은 곳

傍碧山　푸른 산을 곁하고

恣飛還　뜻대로 돌아나네

酒病深　이내몸 술병이 깊다오.

夢中看　꿈에서나 보는 건지

步何徐　그리 느려 터진다뇨

欲倒衣	옷도 거꾸로 입지
欲斷酒	술을 끊고자 하나
已斷酒	술은 이미 끊었으나
心古昔	마음은 예전 그대로요
叫一聲	한 소리 외쳐보리
最可傷	딱하기도 했다.
豈余身	어찌 내몸의
思美人	임이 그리워
多說話	풍문만 다사한데
纖月上	초승달 돋으니
日影踈	햇발마저 성글어라. 숲이 울창한 모습
蝸角上	비좁은 <u>뇌누리</u> 속을 소용돌이
仰看屋	천정을 물끄러미 바라본다.
花木幽	꽃나무 그윽도 해라
餐霞客	안개 먹고 사는 손님. 곧 신선
日下燈	햇빛 속의 등불. 미약한 존재
臥待曙	누어서 새벽을 기다리니
巖<u>溜</u>飛	바윗 새의 폭포 낙수물 류
思無窮	끝없는 생각
一條路	오솔길. 한 가닥 길
添綠波	창파를 보태니
雨中明	비 오는 중에 밝다. 여우비

盛還衰　성하고 또 쇠해짐. 흥망성쇠

蒼山根　푸른 산자락

春帖子　입춘에 써 붙이던 축시

紅塵人　塵世의 속인

浮還沒　떴다가 다시 잠김

山展畵　자연의 산수가 그림 펼치듯 아름답다

浪生花　튕기는 물보라

疎宴樂　연락에 마음 두지 않아

白雲根　흰 구름 피어나는 곳. 높은 골짝

白玉花　백옥 같은 꽃. 雪花

萬樹春　온 나무마다 봄이 오다

積雨天　장마철

著水遲　내리기 더딤. 사뿐사뿐 나니는 모양

碧玉濤　달빛이 일렁이는 옥 같은 물결

白雲封　구름에 잠기다

一鐘聲　바람에 뎅그렁 울리는 풍경소리

臥晚空　서산에 걸린 落照

有無中　있는 듯 없는 듯. 보였다 아 보였다

半月城　백제의 도성. 부여에 있었음

爭低昂　낮고 높음을 다투다. 심한 풍랑에 배가 흔들리는 모양

身後名　죽은 후의 명예

百千劫　무궁하고 영원 세상

龜鶴年　長壽

綺羅星　어두운 밤에 반짝이는 무수한 별. 뛰어난 많은 인물

麒麟兒　슬기와 재주가 아주 뛰어난 사람

耆英會　나이 많고 학덕이 있는 사람들의 모임

東坡冠　사대부가 평상시에 탕건위에 쓰던 관. 소동파가 썼
　　　다 함.

忘年交　나이 차이에 관계없이 오직 재덕으로 사귐. 忘年之交

忘形交　형식을 버린 교제. 자기 자신을 잊어버릴 정도의 친
　　　밀함 盃中物　잔속에 담긴 것. 술

忘憂物　시름을 잊게 하는 물건이란 뜻으로 술을 일컫는 말.

繁華子　번화한 사람. 미인

三神山　蓬萊, 方丈, 瀛州

北邙山　무덤이 많은 곳. 사람이 죽어 가는 곳. 낙양 북쪽의
　　　산으로 名臣이 많음

不遠復　잃었으나 멀지 않아 되돌아 옴. 허물 있는 사람이
　　　멀지 않아 뉘우쳐 회복 됨

不怨天　하늘을 원망 하지 아니함

貧到骨　가난이 뼈에 사무침

氷壺心　옥 항아리에 얼음이 들어있는 듯한 마음. 결백한 마음

三五夜　보름날 밤. 十五夜

少男風　비가 막 오려는 때 급히 세차게 부는 바람

少女風　비가 오기 전에 부는 미풍

燒酒徒　소주를 좋아하는 사람

灑淚雨　눈물 뿌린 비. 칠석 하루 전에 오는 비로 견우직녀
　　　　가 흘린 눈물이 비가 되어 내린다.

歎數奇　사나운 운수를 한탄함

熟食日　한식날. 이 날은 불을 쓰지 않기에 미리 익혀 둔 음
　　　　식을 먹는 날이란 뜻

柳葉眉　버들잎 같이 가늘고 긴 눈썹. 미인의 눈썹

紫姑神　뒷간의 신. 廁神

紫霞洞　신선이 사는 곳

雀卵斑　죽은깨

長者兒　권세 있는 집 자제

井中蛙　우물 안 개구리. 井蛙

酒中仙　술을 마시며 세상을 잊고 사는 사람

酒呑人　술이 사람을 삼킴

鐵甕城　쇠로 만든 쇠같이 굳은 성

靑娘子　잠자리

靑藜杖　명아주 지팡이. 藜杖

靑蓮界　절. 佛寺

草頭露　풀잎에 맺힌 이슬. 오래지 못함의 비유

貂鼠裘　담비 가죽 옷. 밍크코트

出頭天　남편의 은어. 天字에 머리를 내밀면 夫字가 됨

濯枝雨　나뭇가지를 씻는 비. 장마철의 큰 비

荷心酒　연잎 줄기 속으로 나오게 한 술. 碧筒酒. 연잎에 술
을 담아 줄기 속을 동곳으로 찔러 통하게 한 술

香稻飯　향긋한 입쌀 밥

壺中天　병 속의 천지. 別世界. 壺中天地. 仙境

花信風　봄철 꽃 필 무렵에 부는 바람.

運鈍根　사람이 성공하는데 필요한 세 가지 요소. 곧 好運.
愚直. 根氣를 일컫는 말.

場打令　속된 雜歌의 한 가지. 동냥하는 사람이 장판이나 길
거리로 돌아다니면서 부르는 노래.

壯有室　삼십세 되는 나이.

斗南才　천하에 으뜸가는 재주.

避風臺　한나라 成帝가 황후 조비연을 위하여 지은 대.

漢詩譯解를 도울 우리말

漢詩譯解를 도울 우리말

가드락거리다= 경솔하고 버릇없이 굴다. 경망스럽게 젠체하다. 가들거리다.

가람= 승가람마. 절에 딸린 집. 불도를 닦는 곳. 강의 예스런 말

가랑가랑= 얼굴이 야윈 듯 하면서도 탄력이 있어 보이는 모양

가량맞다= 조촐하지 못하여 격에 맞지 아니하다. 가량스럽다. 거령맞다.

가멸다= 재산이 많다. 살림이 넉넉하다. 가멸 한 백성이 되게 하고... 가멸지다. 가멸하다.

가물어지다= 정신이 가물가물하여지다. 기력이 없어지다.

가살스럽다= 언행이 얄망궂고 되바라져서 잘 어울리지 아니하는 태도. 가살지다. 가살을 부리다.

가수알바람= 뱃사람이 말하는 서풍. **하늬바람**= 농어촌에서 말하는 서풍.

가스러지다= 성질이 순하지 못하고 거칠어지다. 잔털이 거칠게 일어나다.

가슴츠레= 졸리어 눈이 흐릿하고 자꾸 눈이 감기듯 한 모양.

가시눈= 가시 돋친 눈. 남의 감정을 자극하는 심술궂은 시선.

가탈= 이런 저런 트집을 잡아 까다롭게 구는 일.

간들거리다= 바람이 부드럽게 불다. 연하게 간들거린 태도를 보이다.

간능스럽다= 재치 있고 능청스럽다.

간살스럽다= 간사스럽게 아첨을 하고 아양을 떠는 태도가 있다.

간여리다= 가냘프다.

갈강갈강하다= 얼굴이 파리하나 단단하고 굳센 기상이 있어 보인다.

감실거리다= 먼 곳에 있는 물건이 자주 어렴풋이 움직이다.

갓밝이= 막 밝을 무렵. 黎明

강다짐= 밥을 물이나 국에 말아먹지 않고 그냥 먹음. 까닭 없이 억눌러 꾸짖음. 보수도 없이 억지로 남을 부림.

강동거리다= 체신없이 자꾸 가볍게 뛰다.

강쇠바람= 첫 가을에 부는 동풍. 强素風.

강샘= 강짜샘. 강짜. 강샘부리다.

강파르다= 몸이 파리하고 성질이 깔깔하고 고집이 세다.

강퍅지다= 성미가 까다롭고 너그럽지 못하다. 剛愎.

개신거리다= 게으르거나 사람이 동작을 맥없이 하다. 개신개신.

개염= 부러운 마음으로 새워서 탐내는 욕심. 개염스럽다. 개염 내다.

거령맞다= 조촐하지 못하여 어울리지 아니하다. 거령스럽다.

걸 싸다= 일이나 동작이 매우 날쌔다.

걸쌍스럽다= 일을 하거나 음식을 먹는 것이 남보다 나아서 보기에 탐스럽다. 걸쌍스레.

결곡하다= 생김새나 마음씨가 깨끗하고 여무져서 빈틈이 없다.

곁두리= 농부나 일꾼들이 끼니밖에 참참이 먹는 음식. 샛밥. 새참.

고로롱팔십= 병으로 고로롱고로롱 하면서도 여든까지 삶을 이름.

고리삭다= 젊은 사람의 성미나 언행이 풀이 없어 늙은이 같다.

고즈넉이= 고요하고 아늑히. 저녁놀이 산기슭을...잠잠하고 다소곳이.

곤드러지다= 술이 취하거나 몹시 피곤하여 정신을 잃고 쓰러져 자다.

괭하다= 물체가 밝고 투명하여 환히 비치어보이다.

괴괴하다= 시끄러운 것이 없어지고 고요하다. 잠잠하다. 고자누룩하다.

구뜰하다= 변변치 않은 음식 맛이 과히 나쁘지 않고 구수하여 먹을 만하다. 시래깃국이 꽤 구뜰하다.

군색스럽다= 살기가 군색하다. 일이 뜻대로 안되어 어렵게 보이다. 군
색한 변명을 늘어놓는다.

구순하다= 의 좋아 화목하다. 구순히. 그저 구순하게 살아왔노라.

군시럽다= 벌레 따위가 살갗에 기어가는 듯한 느낌이 있다. 가려운 느
낌.

굴때장군= 키가 크고 몸이 남달리 굵은 사람. 굴 때 같은 아들 셋만...

굼실거리다= 구불구불 물결을 이르며 넘실거리는 모양. 배는 크게 굼
실거리기 시작 했다.

굽싸다= 짐승의 네 발을 얽어매다.

굽이지다= 한쪽으로 구부러져 들다. 강물이 굽이진 곳에...

굽죄이다= 썩 미안하여 떳떳하지 못하다. 내가 무슨 굽죄일 일이...

굽질리다= 일이 꼬이고 제대로 안되다. 자꾸 일이 굽질린다.

궁싯거리다= 몸을 이리저리 뒤척거리다.

귀인성= 타고난 귀인다운 고상한 바탕. 귀인성스럽다.

그닐거리다= 살갗에 벌레가 살살 기는 것 같이 자리자리한 느낌이 들
다.

그렁성 하다= 그럭저럭하다. 그렁성 하느라니 밤은 거진 다 밝았는
데...

그악스럽다= 억척스럽고 부지런하다. 비가 그치면서 매미소리가 더 그
악스럽고. 장난 같은 것이 지나치게 심하다.

금성= 샛별. 저녁에 비치면 개밥바라기. 金星. 太白星. 明星. 長庚星.

기승= 억척스럽고 굳세어 좀처럼 남에게 굴하지 아니함. 氣勝을 부리
다.

길길이= 물건 같은 것이 높이 쌓인 모양. 길길이 쌓이다. 나무 같은 것

이 높이 자란 모양. 길길이 자란다. 성이 나서 높이 뛰다. 길길이 뛰다.

길라잡이= 길을 인도하는 사람. 길잡이. 길나장이.

까들락 거리다= 무례하고 경솔하게 행동하다. 까들거리다.

까탈= 일이 잘 안되도록 몹시 방해하는 조건. 가탈

까탈스럽다= 까다롭다.

깝죽거리다= 신이 나서 방정맞게 까불거리다. 잘난 체하다.

깡그리다= 수습하여 끝을 마무르다.

깨끔스럽다= 깨끗하고 아담스럽다. 깨끔하다.

깨나른하다= 기운이 없어 늘쩍지근하고 내키는 마음이 적다.

깨단하다= 오래 생각되지 아니하던 것을 어떤 실마리로 인하여 환하게 깨닫다.

깨작거리다= 글씨를 정신 들이지 아니하고 쓰기 싫어서 억지로 자꾸 쓰다. 끼적거리다. 깨작깨작.

깨죽거리다= 불평스러운 말로 자꾸 되씹어 종알거리다.

꺼두르다= 끌어 잡고 함부로 휘두르다. 머리채를 잡고 꺼두르다. 꺼둘다.

꺼드럭거리다= 몹시 경솔하고 무례하며 방자하게 행동하다. 꺼들거리다.

꺼불거리다= 자꾸 몹시 거령스럽게 까불다.

꺼이꺼이= 목을 놓아 통곡하는 소리나 모양. 꺼이꺼이 울다.

꺼칫하다= 엉성하다. 여위고 윤기가 없어 앙그러지지 못하다. 까칫하다.

꺽지다= 억세고 용감하고 과단성이 있다.

껑청거리다= 긴 다리로 신이 나서 자꾸 내어 뛰면서 걷다.

꼬깝다= 야속한 느낌이 있다. 고깝다.

꼬질꼬질= 옷이나 몸에 때가 많이 낀 모양.

꼰질꼰질하다= 하는 짓이 너무 꼼꼼하고 찬찬하여 갑갑하다.

꽁알거리다= 못 마땅하여 자꾸 종알거리다. 쫑알거리다.

나긋나긋하다= 감촉이 매우 부드럽고 연하다. 사람을 응대하는 태도가 친절하고 부드럽다. 나긋나긋한 여자.

나닥나닥= 여기저기 여러 군데 기웠거나 촘촘히 덧붙어 있는 모양. 나닥 나닥 기운 누더기를 걸쳤을망정. 너덕너덕.

나울거리다= 큰 물결이 구비지어 흐르거나 움직이다. 작은 나뭇잎이나 풀잎 따위가 춤추듯이 바람에 나부끼다. 팔이나 날개 같은 것을 보드랍게 굽이지어 움직이다. 너울거리다. 나울나울.

나릿나릿= 하는 일이나 짓이 재지 못하고 더딘 모양. 느릿느릿.

나근거리다= 길고 가느다란 물건이 힘없이 흔들거리다. 나근나근.

나달거리다= 여러 가닥이 어지럽게 흔들거리다. 나탈나탈.

난질= 계집의 오입질. 난질 쟁이. 난질가다. 난질을 하다.

날 바람 잡다= 바람이 들어 허랑하게 함부로 쏘다니다.

남우세= 남에게 웃음과 조롱을 받게 됨. 남우세스럽다. 남우세스레.

납신= 남에게 굽신거리느라고 허리를 납작하게 구부리는 모양. 납신 웅크리고 앉았다. 납신거리다.

납작거리다= 무엇을 받아먹을 때에 입을 연해 냉큼 딱 벌렸다 받았다 하다. 몸을 연해 냉큼냉큼 바닥에 바짝 대고 엎드리다. 납작납작.

낮도깨비= 체면 없이 난잡한 짓을 하는 사람을 비유하여 일컫는 말.

내숭(內凶)= 겉으로는 온유해 보이나 속으로는 비꼬여 위험함. 내숭스럽다. 내숭한데가 있다.

너누룩하다= 떠들썩하던 것이 잠시 조용하다. 심하던 병세가 잠시 가라앉다. 너눅하다. 너눅이. 너누룩이.

너스레= 남을 농락하려고 늘어놓는 말이나 짓.

너슬너슬하다= 굵고 길고 부드러운 풀이나 털 따위가 거칠게 성기다. 이 맛전에 너슬너슬한 반쯤 센 머리카락... 나슬나슬.

넉살= 숙기 좋게 언죽번죽 구는 짓. 넉살을 떨다. 넉살을 부리다. 넉살이 좋다. 넉살을 부리는 비위가 좋다.

넉장거리= 네 활개를 벌리고 뒤로 벌떡 나자빠짐. 낙장거리.

넋두리= 불만이 있을 때에 두덜거리는 말소리. 무당이 죽은 사람의 넋을 대신해서 하는 말.

넌더리= 소름이 끼치도록 싫은 생각. 넌덜.

네오내오없이= 너나없이.

노구솥= 놋쇠나 구리로 만든 솥. 노구.

노구메정성= 노구 메를 놓고 산천에 기도하는 정성.

노그라지다= 몹시 피곤하여 힘없이 되다.

노글노글하다= 무르녹게 노긋노긋하다. 몸이 뼈가 없이 보들보들 하다. 마음이 유순하다. 누글누글하다.

노긋하다= 물체가 메마르지 아니하고 늘품이 있게 부드럽다. 성질이 유순하다. 힘이 없고 나른하다.

뇌꼴스럽다= 아니꼽고 간지럽다. 몹시 얄밉다. 아니꼽고 못마땅하다. 뇌꼴스레.

눈살= 두 눈 사이에 있는 주름. 눈살을 찌푸리다. 눈살 펼 새 없다.

눈썰미= 달리 배우지 않고 한 두 번 본 것이라도 곧 그대로 흉내를 잘 내는 재주. 눈썰미가 있어서 무엇이든 잘한다. 目巧

눈총기= 사물을 보아서 익히는 눈의 기억력. 눈정신.

느물거리다= 말이나 행동이 자꾸 흉물스럽게 하다. 능글능글하고 못되게굴다. 느물거려서 얼버무리다. 느물느물.

다기차다= 보기보다 마음이 굳고 단단하여 좀처럼 겁을 내지 아니하다.

다다귀다다귀= 꽃 열매 같은 것이 곳곳이 많이 붙은 모양. 다닥다닥.

다보록하다= 풀, 작은 나무, 머리털 등이 무성하여 위가 소복하다. 다보록한 수염. 다보록다보록. 다복다복.

다팔머리= 다팔다팔 흔들리는 머리털.

단작스럽다= 하는 짓이 보기에 매우 치사스럽고 다라운 데가 있다.

답삭= 왈칵 덤벼서 물거나 움키는 모양. 손을 답삭 쥐다. 덜미를 답삭 나꿔채다.

닷곱= 다섯 홉. 반되. 오홉.

닷곱장님= 반쯤 장님이라는 듯이니 곧 시력이 약한 사람을 이르는 말.

당나귀 귀 치레= 당나귀의 귀가 몹시 크기만 한데서 쓸모없고 어울리지않게 만들어놓은 것을 이르는 말.

당돌하다= 올차고 도랑도랑하여 조금도 꺼리는 마음이 없다. 唐突

당상나무= 마을의 수호신으로 받드는 나무. 당 나무.

당실거리다= 신이 나서 잇 다라 가볍게 춤을 추다. 덩실거리다. 덩실덩실.

당실거리다= 어린애가 팔짓 다리 짓을 하며 춤을 추듯이 허덕이다.

대로= 세상에서 존경을 받는 어진 노인. 大老

대추나무 시집보내기= 농가에서 단옷날 오후에 대추나무 가지 사이에 자그마한 돌을 끼워 놓는 풍습. 이렇게 하면 대추가 많이 열린다고 함. 嫁棗樹. 稼樹.

댕돌같다= 만든 것이 돌과 같이 단단하다. 썩 단단하다.

더금더금= 더한 위에 또 더하는 모양. 더끔더끔. 빚은 더끔더끔 쓰기만

하면 무엇으로 갚으려 하는지.

더넘스레= 쓰기에 알맞을 정도 이상으로 크다. 더넘스레. 더넘하다.

더덜없이= 더하거나 덜함이 없이.

더덤하다= 야무지지 못하고 멍청하다. 더덤하게 굴지 마.

더럭더럭= 자꾸 계속하여 조르는 모양. 어머니를 더럭더럭 조르다. 다 락락.

더미씌우다= 남에게 책임이나 허물을 넘겨 지우다. 죄를 친구에게 더 미 씌우다.

더벅거리다= 앞을 헤아리지 아니하고 마구 걸어가다. 터벅거리다. 더 벅더벅 걸어가다.

더운 가리= 날이 가물 때에 소나기 빗물로 논을 가는 일.

더위잡다= 높은 데에 오르려고 무엇을 끌어 잡다. 자 이제 담 머리를 더위잡아 보십시오.

더운색= 더운 느낌을 주는 빨강 노랑 따위의 빛깔. 暖色. 溫色.

더펄거리다= 짧은 머리 같은 것이 날려서 흔들리다. 들떠서 침착성 없 이 가볍게 행동하다. 다팔거리다. 더펄더펄. 더펄머리.

더펄개= 긴 털이 다북다북 나서 더펄거리는 개.

던적스럽다= 보기에 더러운 태도가 있다. 산다는 것이 던적스럽게 생 각되었다. 잔치에 모여든 던적스러운 강아지 떼가.

덜퍽지다= 푸지고 탐스럽다.

덧드러나다= 숨기어 속인 일이 잘못하여 남에게 알려지다.

덧들이다= 남을 건드려서 노하게 하다. 사람 성미 덧들이지 마시오. 잠 을 덧들게 하다.

덧없다= 세월이 속절없이 빠르다. 덧없는 세월. 무상하다.

덩그렇다= 높이 솟아서 헌거롭다. 언덕위에 덩그렇게... 큰 건물 안이

텅비어 쓸쓸하다.

데퉁스럽다= 말과 짓이 거칠고 융통이 없이 보이다. 보기에 데퉁하다.

뎅겅거리다= 뎅그렁거리다. 연하여 뎅겅 소리를 내다. 댕강거리다.

도끼눈= 분하거나 미워서 남을 쏘아 노려보는 눈. 그 여자를 불러다가 도끼눈을 뜨고 바라보았다.

도닐다= 가장자리를 빙빙 돌아다니다.

도다녀가다= 왔다가 지체 없이 돌아가다. 도다녀오다.

도담도담= 어린애가 탈 없이 잘 자라는 모양.

도담하다= 어린애 따위가 탐스럽게 야무지다.

도도하다= 주제넘게 거만하다. 도도하게 굴지마라.

도두보다= 실상보다 더 좋게 보다. 돋보다. 도두보이다. 돋뵈다.

도떼기시장= 정상적 시장이 아닌 일정한 곳에서 상품 중고품 고물 따위의 도 산매 투매 비밀거래로 번적거리는 시장.

도량스럽다= 거리낌 없이 함부로 날뛰어 다니다. 보기에 함부로 날뛰어 버릇이 없는 태도가 있다. 도량스레.

도리깨아들= 도리깨에 달려 있어 곡식의 이삭을 후려치는 휘추리.

도리반거리다= 두리번거리다.

도사리다= 두 다리를 꼬부려서 서로 어긋매끼어 앉다. 또 팔다리를 함께 모으고 몸을 웅크리다. 마음을 도사려먹다.

도섭= 수선스럽고 능청맞게 변덕을 부리는 짓. 모양을 바꾸어 다른 모습으로 변하다.

도탑다= 인정이나 사랑이 많고 깊다. 야박하지 아니하다. 도타운 인정. 두텁다.

돈오= 갑자기 깨달음. 별안간 깨달음. 頓悟

돈지= 때를 따라 선뜻 재빠르게 나오는 지혜. 썩 민첩한 슬기. 頓智.

頓才

동거리= 집의 밑 둥이 썩거나 삭았을 때 그 부분을 잘라 버리고 성한
　　나무로 갈아대는 일. 또 그 기둥. 동가리하다.

동부레기= 뿔이 날만한 나이의 송아지.

동부새= 동풍을 농가에서 일컫는 말.

동산바치= 정원의 꽃나무 등을 가꾸는 사람. 園藝師.

동살= 새벽에 동이 터서 환하게 비치는 햇살. 동살이 막 질리자 길을
　　떠날 새 자기 부인을…

동실동실하다= 둥글고 토실토실하다. 동실동실한 아기 얼굴. 둥실둥실.

동아리= 목적이 같은 사람들이 한 패를 이른 모양. 동아리 끼리 모이
　　다.

되록거리다= 또렷또렷한 눈알이 생기 있게 번쩍이다. 성낸 빛을 행동
　　에 나타내다. 뙤록거리다. 뒤룩거리다. 되록되록하다.

되룽거리다= 제가 잘난 체하여 거만하게 뽐내다. 주제넘게 거만을 부
　　리며　체하다. 되룽되룽하다.

되룽거리다= 가벼운 물건이 따로 매달려서 느리게 연달아 흔들리다.

되알지다= 힘주는 맛이나 억짓손이 몹시 세다. 되알지게 쏘아붙이고…

된마파람= 동남풍의 뱃사람 말.

된바람= 빠르고 세게 부는 바람. 북풍의 뱃사람 말.

된 새바람= 북동풍의 뱃사람 말.

된하늬= 서북풍의 뱃사람 말.

두런거리다= 여러 사람이 둘러 모여 나직한 소리로 수선스럽게, 혹은
　　정답게 이야기 하다.

두레= 농사꾼들이 농번기에 공동으로 협력하기위하여 이룬 부락이나
　　마을 단위의 모임. 두렛일을 하다. 두레를 놀다. 두레를 먹다.

두루치기= 조개, 낙지 따위를 데쳐서 양념을 한 음식.

두멧구석= 두메의 아주 궁벽한 곳. 산간벽지.

두선거리다= 수선거리다. 많은 사람의 두선거리는 소리가 났다.

두수 없다= 달리 주선하거나 변통 할 여지가 없다.

두절개= 두 절로 다니는 개가 두 군데에서 다 밥을 얻어먹지 못한다는
　　　뜻으로 두 가지 일을 하다가 한 가지도 이루지 못한다는 말.

둔세= 속세에서 운둔함. 遁世. 遁俗.

둔짜= 둔한 사람. 쥐어줘도 모르는 둔짜. 감수성이 무딘 사람.

둔치= 물이 있는 곳의 가장자리. 물가의 언덕.

둘되다= 상냥하지 못하고 미련하고 무디게 생기다. 둔하게 생기다. 둘
　　　된 사나이. 둘하다.

뒤안길= 1) 한길이 아닌 뒷골목의 길. 늘어선 집들의 뒤꼍 쪽으로 통
　　　한 길. 2) 햇볕을 못 보는 초라하고 음침한 생활. 인생의 뒤안길.

드리없다= 경우에 따라 이러하기도 하고 조러하기도 하여 일정하지 아
　　　니하다. 크고 작고 드리없다. 드리없이 찾아다닌다.

뒤넘스럽다= 되지못하게 건방지다. 어리석은 것이 주제넘다. 뒤넘스레.

든거지난부자= 집안 살림은 가난하여 거지 형편이면서 밖으로는 부자
　　　같이 행세하는 사람. <든부자 난거지>

든버릇난버릇= 후천적 습성이 선천적 성격처럼 되어 감을 이르는 말.

든직하다= 사람됨이 경솔하지 아니하고 묵중하다. 사람이 든직하여 믿
　　　을만하다. 든직히.

등 달다= 일이 몹시 급하게 몰려 등이 화끈 화끈하여지다.

등신= 쇠돌, 풀, 나무, 흙 같은 것으로 만든 사람의 형상의 뜻으로 어
　　　리석은 사람을 가리키는 말. 어림없는 사람. 등신 같은 놈. 等神.

때글때글하다= 여러 개 가운데에서 몇 개가 월등하게 굵다. 대글대글.

때 벗다= 때물을 벗다. 촌티가 없어지다. 누명을 벗다. 혐의를 벗다.

때빠지다= 촌스럽고 어리숭한 티가 빠지고 반질반질하게 세련이 되다.

떠죽거리다= 젠체하고 되지못하게 지껄이다. 싫은 체하고 자꾸 사양하다. 떠죽떠죽. 떠죽대다.

떠지껄하다= 큰소리로 지껄이는 것이 떠들썩하다. 떠지껄하게 지껄이다.

마닐마닐하다= 음식 등이 씹어 먹기에 알맞게 연하고 보드랍다. 입에 마닐마닐한 것은 다 먹고

마들가리= 나무의 가지가 없는 줄기. 땔나무의 잔 줄기. 해진 옷의 남은 솔기. 새끼나 실 같은 것이 훑이어 맺힌 마디.

마수걸이= 첫 開市로 파는 일. 마수손님.

마음이 간지럽다= 단작스럽거나 겸연쩍어서, 마음이 자리자리하게 느껴지다.

마침가락= 우연히 일이나 물건이 딱 들어맞음. 길에서 사온 구두가 마침 가락이다.

마파람= 남쪽에서 불어오는 바람. 앞바람. 景風. 麻風. 午風. 南風

망상거리다= 망설거리다.

망상스럽다= 요망스럽고 깜찍하다. 망령되고 경솔하다.

망팔쇠년= 일흔한 살의 늙은 나이.

맛 갖다= 마음이나 입맛에 꼭 알맞다. <맛 갖잖다>

매초롬하다= 젊고 건강하여 아름다운 태가 있다. 매초롬히.

맥장꾼= 일없이 구경삼아 장터에 나온 장꾼. 하릴없는 맥장꾼들…

맥쩍다= 심심하고 무료하다. 대할 낯이 없다.

맵차다= 맵고 차다. 새벽바람이 맵차다.

머릿병풍= 머리맡에 치는 작은 병풍. 曲屛. 枕屛. 가리개

먼지잼= 비가 겨우 먼지 나지 아니할 정도로 조금 옴.

멀거니= 정신없이 보고 있는 모양. 망연히.

멀건이= 정신이 흐리멍덩한 사람.

멍털멍털= 칙칙하게 멍울멍울한 모양.

메부수수하다= 말과 하는 짓이 메떨어지고 시골티가 나다. 메부수수
히.

메숲지다= 산에 나무가 울창하다.

모개로= 이것저것 할 것 없이 온통 한데 몰아서 있는 대로 모두.

모뜨다= 남이 하는 짓을 꼭 그대로 흉내 내어 본뜬다.

모름하다= 생선이 싱싱한 맛이 없고 조금 타분하다.

모지랑붓= 끝이 다 닳은 붓.

몸 받다= 아랫사람이 윗사람 대신으로 일을 받아 하다. 아버지가 하던
사업을 아들이 몸받아하다.

무녀리= 태로 낳은 짐승의 맨 먼저 낳은 새끼. 언행이 좀 모자라서 못
난 사람의 비유.

무람없다= 어른이나 친한 사이에 예의를 지키지 아니하다. 체면을 지
키지아니하다. 어른 앞에서 무람없이...

몽달귀신= 총각이 죽어서 되었다는 귀신. 도령귀신.

무렵다= 물것에 물려서 가렵다.

무룡태= 능력은 없고 그저 착하기만 한 사람.

무릎깍지= 앉아 두 무릎을 세우고 무릎이 팔 안에 안기도록 깍지를
낌.

무사자통= 스승이 없이 혼자서 배움. 無師自通.

무서리= 처음 내리는 묽은 서리. <된서리>

무솔다= 촉촉한 습기로 푸성귀들이 물어서 썩다. 솔다.

무싯날= 장이 서지 아니하는 날.

무양무양하다= 너무 고지식하여 주변성이 없다. 무양무양히.

무에리수에= 돌팔이장님이 점을 치라고 돌아다니며 외치는 소리. 問數
에.

무연하다= 아득하게 너르다. 무연한 벌판.

무자맥질= 물속에 들어가서 떴다 잠겼다 하며 팔다리를 놀리는 짓.

무죽거리다= 미적거리다. 흐린 천지는 무주거릴 뿐 빗방울 듣는 기
색...

묵정밭= 오래 내버려두어 거칠어진 밭. 陳田. 묵밭.

물결구름= 波狀雲

물꽃= 하얀 거품을 일으키는 물결을 꽃에 비유한 말. 浪花. 湖沼등에
번식하는 綠藻 현상.

물너울= 바다같이 넓은 물에 크게 움직이는 물결. 물놀.

물바람= 강이나 바다 같은 물에서 불어오는 바람.

미쁘다= 믿음성이 있다. 미덥다. 진실하다. 참되다. 미쁘신 하나님.

미사리= 산 속에서 풀뿌리나 나뭇잎이나 열매 등을 따먹고 사는 사람.
몸에 털이 많음.

미주알= 똥구멍을 이루는 창자의 끝부분.

미추룸하다= 한창때에 건강해서 기름끼가 돌고 이들이들하여 아름다
운 태가 있다. 매초롬하다.

미주알고주알= 이것저것 모두 속속들이 캐어묻는 모양.

밀막다= 핑계를 대고 거절하다.

밀알지다= 얼굴이 패등패등하게 생기다. 빤빤하게 생기다.

바끄럽다= 양심에 거리낌이 있어 남을 대할 면목이 없다. 스스러움을
느껴 수줍다. 부끄럽다.

바끄럽성= 부끄럼성.

바드름하다= 밖으로 약간 벋은 듯하다. 바듬하다. 버드름하다.

바스대다= 가만히 있지 못하고 자꾸 군짓을 하다. 바스대는 아이.

바스스= 누웠다가 조용히 일어나는 모양. 바스스 일어나다.

바이없다= 전연 방법이 없다. 어찌할 도리가 없다.

바자= 대. 갈대. 수수깡 등으로 발처럼 엮거나 결은 물건. 바자울.

바잣문= 바자울에 낸 사립문.

바잡다= 조마조마하고 두렵고 염려스럽다. 손을 바잡게 비벼 조마조마
　　애를 쓴다.

바장이다= 부질없이 짧은 거리를 왔다 갔다 하다.

바치= 업으로 어떤 물건을 만드는 사람을 가리키는 말. 갖바치.

바치다= 추잡할 정도로 즐기다. 술을 바치다. 색을 바치다.

박신거리다= 사람이나 짐승이 좁은 곳에 많이 모여 활발하게 움직이
　　다. 잔칫집에서 박신거리다. 박신박신. 박신대다.

반두질= 두 끝에 막대기를 대어 맞잡고 고기를 몰아 잡도록 된 그물로
　　고기를 잡는 일.

반보짐= 봇짐의 반만 한 것. 즉 손에 들고 다닐 만한 봇짐. 半褓

반비알지다= 땅이 약간 비탈지다.

반주구레하다= 얼굴의 생김새 같은 것이 겉으로 보기에 반반하다.

반죽 좋다= 언죽번죽하여 노염이나 부끄럼을 타는 일이 없다.

반지랍다= 기름기가 묻어 매끄럽고 윤택하다. 반지라운 마루. 반지레

발랑거리다= 민첩한 동작으로 가분가분하다. 발랑대다.

발밤발밤= 부질없이 발길이 닿는 대로 한 걸음 한 걸음 걷는 모양.

발싸심= 몸을 비틀면서 비비적거리는 짓. 무슨 일을 하고 싶어서 애를
　　쓰며 들먹거리는 짓.

발씨= 길을 걷는데 그 길이 서투르거나 또는 익숙한 발의 버릇. 발씨가 생소하여 동서를 분별키가 어렵다. 발씨가 익다. 발씨가 서투르다.

발악스럽다= 어떠한 것에나 배겨나는 힘이 다부지다.

발칙하다= 몹시 버릇이 없다. 하는 짓이 몹시 괘씸하다.

방구리= 물을 긷는 질그릇. 모양이 동이와 같으나 좀 작음.

방순하다= 향기롭고 진하다.

방싯= 소리를 내지 않고 입을 예쁘게 벌리며 가볍게 한번 웃는 모양. 문을 소리 없이 가볍게 여는 꼴.

배라먹다= 살기위하여 남에게 무엇을 거저 얻어먹다. 빌어먹다.

배숙거리다= 무슨 일을 마음먹고 하지 않다. 배슥거리다.

배시시= 입이 약간 벌어지며 소리 없이 살짝 웃는 꼴. 꼭 다문 도독한 입술이 배시시 벌어지며 석류 씨 같은 이들이 반 쯤 보인다.

배죽거리다= 비웃거나 웃음이 솟을 때 또는 불안스러울 때 입술을 내밀고 실룩거리다. 빼죽거리다. 비죽거리다.

배쭉= 비웃거나 못 마땅하거나 슬플 때에 입 끝을 쑥 내미는 모양. 형체를 일부만 살짝 내미는 모양. 물건의 끝을 날카롭게 내미는 모양. 빼쭉. 배쭉거리다.

배움배움= 배워서 이루어진 지식의 정도.

배주룩하다= 솟아나오는 물체의 끝이 조금 내밀고 있다. 배죽하다.

배칠거리다= 가볍게 몸을 절룩거리다. 배치작거리며 걷다.

배틀거리다= 몸을 가누지 못하고 이리저리 쓰러질 듯이 걷다.

배틀어지다= 어느 한쪽으로 배배 꼬이다.

백수잔년= 머리가 허여세고 죽을 날이 가까운 늙바탕. 白首殘年.

백수풍진= 늙바탕에 겪는 세상의 어지러움. 白首風塵

백척간두= 높은 장대 끝에 섰다는 말로 막다른 위험에 빠진 것을 일컫

는 말. 백척간두에 서다. 百尺竿頭

반덕= 요랬다 조랬다하여 변하기 잘하는 마음씨. 변덕.

반미주룩= 물건의 민틋한 끝이 비어져 나오려고 조금 내민 모양. 빈미주룩.

반반하다= 나이 적은 사람이 구긴 데가 없고 넉넉하게 생기다. 사물의 겉이나 내용이 구비하여 흠점이 없다. 변변하다.

반죽거리다= 얄밉게 자꾸 외양민 반반하게 꾸며대다. 빤죽거리다.

버접다= 두껍거나 부퍼서 다루기가 힘에 부치다. 만만하지 아니하다.

버덩= 높고 평평하여 나무는 없이 잡풀만 많이 우거진 거친 들.

버드름하다= 밖으로 약간 벋은 듯하다. 이가 버드름하다.

버름하다= 물건이 서로 맞지 아니하여 틈이 좀 벌어져 있다. 마음이 서로 맞지 아니하다. 두 분 사이가 버름하다.

버성기다= 벌어져서 틈이 있다. 두 사람의 사이가 탐탁하지 아니하다.

버젓하다= 번듯하고 떳떳하여 흠 잡히거나 굽힐 것이 없다. 버젓한 남편. 버젓한 회사.

버정이다= 짧은 거리를 시름없이 오락가락하다. 바장이다.

벅적거리다= 넓은 곳에 많은 사람이 모여 뒤끓어 움직이다.

번드치다= 물건을 번득이어 뒤집다. 크고 작은 바위를 타고 넘으며 돌 사이사이로 줄기줄기 하얀 물이 번드쳐 흘러내려온다. 처음 먹은 마음을 변하여 바꾸다.

벅신거리다= 사람이나 짐승 등이 한곳에 많이 모여 활발하게 움직이다. 박신거리다. 벅신벅신.

번주그레하다= 생김새가 겉으로 보기에 번번하다. 반주그레하다.

번하다= 어두운 가운데 조금 훤하다. 동녘이 번하다. 무슨 일이 그렇게 될 것이 분명하다.

번가다= 올바른 길에서 버드러져 가다.

번나다= 새 싹이나 잔가지 같은 것이 바깥쪽으로 향하여 나다.

번놓다= 잠자야 할 때 자지 않고 그대로 지나가다. 잠이 번놓였다. 제
　　멋대로 놓아먹여서 못된 길로 들게 하다.

벌창= 물이 많아 넘침. 흙탕물이 벌창하다. 물건이 많이 퍼짐.

범아귀= 엄지손가락과 둘째손가락과의 사이.

범처= 중의 아내. 梵妻

벗바리= 뒷배를 보아주는 사람. 곁에서 도와주는 사람.

별쫑나다= 말이나 행동이 별스럽다.

별쫑맞다= 별쫑나고 방정맞다.

보굿= 굵은 나무의 두껍고 비늘같이 생긴 껍데기. 그물의 벼릿줄에 듬
　　성　듬성 매어 그물이 뜨게 하는 가벼운 물건. 흔히 크고 두꺼운
　　나무　껍질로 함.

보굿 켜= 나무의 겉껍질 안쪽의 껍질.

보로통하다= 부어올라서 블록하다. 불만스러운 빛이 얼굴에 나타나 있
　　다. 뽀로통하다. 부루퉁하다.

보삭거리다= 물기가 없는 물건이 연해 바스러지다. 또 연하여 보삭 소
　　리를 내다. 부석거리다. 보삭보삭.

보암보암= 이모저모로 보아서 짐작할 수 있는 겉모양. 보암보암으로
　　쉬워 보이지만 실제로는 어렵다. 보암보암으로 할 것 같더라.

보슬비= 바람 없이 조용히 내리는 비. 보슬보슬 내리는 비.

보유스름하다= 빛이 진하지 않고 조금 보얗다. 희미하고 좀 보얀듯하
　　다. 뽀유스름하다.

복닥거리다= 많은 사람이 좁은 곳에 모여 수선스럽게 뒤끓다. 복작거
　　리다. 복작거리는 초상집.

복달임= 복날에 더위를 물리치는 뜻으로 고기붙이로 국을 끓이는 일. 전하여 복날에 계절과일을 먹는 일도 가리킴.

복받치다= 속에서 들고 오르다. 밑에서 솟아오르다. 감정이 치밀어 오르다. 설움이 복받치다.

볼가심= 볼의 안쪽 곧 입속을 겨우 가시는 정도라는 뜻으로 아주 작은 음식으로 시장기를 면하는 일.

볼통거리다= 자주 성을 내며 퉁명스러운 말을 하다.

부검지= 짚의 부스러기.

부닐다= 붙임성 있게 굴다. 남을 도와서 고분고분하게 굼닐다.(굽혔다 폈다)

부다듯하다= 몸에 열이 있어 불이 달 듯 몹시 덥다. 신열이 높다.

부락스럽다= 우악스럽다. 수탉이라는 것이 워낙 부락스러워서 암놈만 가엾거든.

부랴사랴= 몹시 부산하고 황급하게 서두르는 모양. 부랴사랴 달려왔다.

부룩소= 작은 수소.

부르걷다= 옷의 소매를 걷어 올리다.

부르쥐다= 힘을 들여 주먹을 쥐다.

부릅뜨다= 보기 사납게 눈을 크게 뜨다.

부리 세다= 그 집의 귀신이 드세다.

부림소= 농우나 일소.

부수숭 하다= 부석부석하다.

부숭부숭= 잘 말라서 물기가 아주 없는 모양. 빨래가… 얼굴이나 행동이 깨끗하여 아름답고 부드러운 모양. 부숭부숭하고 예쁘다. 보송보송.

부아= 분한 마음.

부앗김= 분한 마음이 일어나는 김. 부앗김에 서방질

부얼부얼= 살이 쪄서 탐스럽고 복스러운 모양.

분대질= 남을 괴롭게 하여 분란을 일으키는 짓. 말썽 부리는 짓. 분대질치다. 말썽 부리다.

불강아지= 몸이 바싹 여윈 강아지.

불걱거리다= 질긴 물건을 입에 많이 물고 연해 씹다. 빨래를 연해 주물러 빨다. 불각거리다. 불걱불걱.

불그뎅뎅= 격에 어울리지 아니하게 불그스름하다. 불그죽죽하다.

불밤송이= 잘 익지 못하고 말라 떨어진 밤송이.

불세출= 좀처럼 세상에 나타나지 아니할 만큼 뛰어남. 불세출의 영웅.

불치불염= 의식주에 있어서 사치하지도 검소하지도 아니함. 곧 모든 면에 수수함.

봉긋봉긋= 언덕이나 산봉우리 따위가 여기저기 조금씩 솟은 모양.

붙매이다= 사람이나 일에 붙어 매이다.

붙박이다= 한 곳에 꽉 막혀있어 움직이지 아니하다.

붙임 일가= 혈연관계가 없거나 명확하지 않으면서도 일가처럼 가까이 지내는 관계. 붙이기일가.

붙좇다= 공경하는 마음으로 섬기며 따르다.

비계질= 소나 말이 가려운 곳을 긁느라고 나무 같은 다른 물건에 몸을 대고 비비는 짓.

비난 수= 귀신에게 비는 소이. 북두칠성님이 이 몸의 비난수를 들으시와 우리 사방님을 도우셨구나.

비거스렁이= 비가 갠 뒤에 바람이 불고 시원해지는 일. 비거스렁이하다.

비대발광= 하소연을 하면서 간절히 청하여 빎. 안준다는 것을 비대발

광하여 겨우 얻어왔다.

비라리 치다= 구구하게 사정하며 남에게 무엇을 청구하다.

비루= 개나 말 등의 피부에 생기는 병. 온 몸에 점점 번지며 털이 빠
짐.

비리척지근하다= 비린 맛이나 냄새가 조금 나는 듯하다. 비리치근하
다. 비척지근하다. 비치근하다.

비비대기치다= 좁은 곳에서 여러 사람이 서로 몸을 대고 움직이다. 매
우 부산하여 동작하다.

비사치다= 똑바로 말하지 아니하고 돌려 말하여 은근히 깨우치다.

비설거지= 비가 오려 할 때에 비를 맞혀서는 안 될 물건을 미리 덮거
나 치우는 일. 비설거지하다.

비쌔다= 마음은 있으면서 겉으로 안 그런 체 하다. 무슨 일에나 어울
리기를 싫어하다. 돌아내리다.

비아냥거리다= 얄밉게 빈정거리다. 비양거리다.

비안개= 비가 쏟아질 때 안개가 낀 것처럼 흐려 부옇게 보이는 현상.

비알= 비탈. 벼랑. 산기슭.

비양하다= 남을 약 오르게 조롱하다.

비어지다= 가려지거나 속에 있던 것이 밖으로 내밀다. 숨었던 일이 터
져서 드러나다.

비역살= 궁둥이 쪽의 살.

비영비영= 병으로 파리하고 기운이 없는 모양. 아파서 비영비영하다.

비웃적거리다= 남을 비웃으며 빈정거리다. 비웃거리다. 비웃적대다.

비주룩하다= 밖으로 솟아나온 물건의 끝이 조금 내밀어 있다. 비죽하
다. 배주룩하다.

비지땀= 두부를 만들 때 베의 겉으로 두부물이 나오듯 한다는 뜻에서

힘드는 일을 할 때에 몹시 쏟아지는 땀.

빈대도 콧등이 있다= 너무도 염치없는 사람을 핀잔주는 말.

빌밋하다= 얼추 비슷하다.

빔= 명절이나 잔치 때에 새 옷으로 갈아입는 일. 또 그 옷. 설빔.

빗더서다= 방향을 조금 틀어서 서다. 빗서다. 비켜서다.

빗듣다= 무슨 말을 잘 못 듣다. 횡듣다.

빙실거리다= 소리 없이 입을 연해 벌릴 듯 벌릴 듯 하면서 부드럽게
　　웃다.

빠끔하다= 틈이나 구멍 같은 것이 깊숙이 또렷하게 벌어져 있다.

빠대다= 아무 할 일이 없이 이리저리 쏘다니다. 여기저기 싸대다.

빠드름하다= 약간 밖으로 뻗은 듯하다. 빠듬하다.

빨긋빨긋= 붉은 점이 곱게 군데군데 박힌 모양. 점점이 빨간 모양. 발
　　긋 발긋.

빨랑거리다= 가뿐가뿐하고도 민첩하게 행동하다. 빨랑대다.

빨래말미= 긴 장마 중에 날이 잠깐 들어서 옷을 빨아 말릴만한 겨를.

뺑당그리다= 고개를 돌리면서 싫다는 뜻을 보이다. 뺑등그리다.

뺑시레= 소리 없이 입만 약간 벌리어 부드럽고 예쁘게 웃는 모양. 뱅
　　시레. 뺑실거리다.

빤죽거리다= 겉치레만 반반히 꾸며대고 얄밉게 굴다. 뺜죽거리다.

뻑 쓰다= 무엇에 맞서서 버티어 내려고 힘을 쓰다.

뻔드럽다= 윤기가 나고 미끄럽다. 사람의 됨됨이가 바자워고 약아서
　　어수룩한 맛이 없다. 번드럽다.

뻔득이다= 물건의 표면이 갑자기 뒤척거림에 따라 얼비치는 광선이 끔
　　벅거리다. 시퍼런 칼날이 뻔득이다. 번득이다.

뻔드레하다= 실속 없이 외모만 뻔드르르하다. 뻔지레.

삗가다＝ 올바른 길에서 버드러져 가다. 벋가다.

삗서다＝ 반항하는 언행으로 맞서 겨루다. 벋서다.

삗지르다＝ 이 끝에서 저 끝까지 삗쳐서 내 지르다.

뺏세다＝ 뻣뻣하고 억세다.

뼁짜＝ 구멍이 뻥 뚫어진 것과 같다는 말로 아주 틀려버려 소망이 없게 된 일. 뼁.

뽀유스름하다＝ 약간 뽀얀 듯하다. 곱게 조금 뽀얗다. 보유스름하다.

뾰주리＝ 머리통이 뾰족하게 생긴 사람의 별명. 뾰주리감.

뽕＝ 완전히 정신을 잃은 모양. 뽕 가다. 순식간에 넋을 잃어 사물을 판단하는 힘이 없어지다.

사개＝ 상자 같은 것이 네 모퉁이를 요철 형으로 만들어 끼워 맞추게 된 부분. 기둥머리를 도리나 장여를 박기위하여 네 갈래로 오리어 낸 부분

사개가 맞다＝ 사리나 말의 앞뒤가 딱 들어맞다.

사개를 물리다＝ 사개가 들어 자빠지지 않고 붙어 있게 하다.

사그랑주머니＝ 다 삭은 주머니의 뜻으로 겉모양만 있고 속은 다 삭아 버린 물건을 비유하는 말.

사근사근하다＝ 성질이 부드럽고 친절하여 붙임성이 있다. 사근사근한 여자. 배나 사과를 씹는 것과 같이 연하다.

사날＝ 거리낌 없이 멋대로만 하는 태도. 또 그러한 성미. 사날 좋게 남의 물건을 쓰다. 뻔뻔스럽게 남의 일에 참견하는 일. 너무 사날이 좋아서 탈이야.

사금피리＝ 사기그릇의 깨진 조각.

사날없다＝ 붙임성이 없고 무뚝뚝하다.

사달＝ 사고나 탈. 사달이 나다. 사달이 생기다.

사들사들= 약간 시드는 모양. 또 시든 모양. 그녀는 그 파란 정맥이 드러나 뵈는 사들사들한 가는 목을 이쪽으로 돌린 채...

사등이= 등성마루의 방언. 사등이 뼈. 등골 뼈.

사뜻하다= 깨끗하고 말쑥하다. 사뜻한 차림새.

사래질= 키에 곡식을 담고 흔들어서 뉘 싸라기와 크고 작은 것을 따로 고르는 일. 사래질하다.

사례= 음식을 잘못 삼키어 숨구멍으로 들어갈 때 재채기처럼 뿜어 나오는 기운. 사례에 걸리다.

사랑옵다= 마음에 꼭 들도록 귀엽다.

사로자다= 불안한 중에 자는 둥 마는 둥 하게 자다. 잠을 사로자다.

사리사리= 연기가 가늘게 올라가는 모양.

사리살짝= 남모르는 사이에 아주 재빠르게. 스리슬쩍.

사막하다= 심히 악하다. 가혹하여 조금도 용서함이 없다. 심악하다.

사물거리다= 아리송한 것이 눈앞에 삼삼히 떠올라 아른거리다. 스멀거리다. 자꾸 눈이 부시다. 사물사물. 사물대다.

사박스럽다= 성질이 독살스럽고 당돌하여 함부로 내달아 간섭하기를 좋아하다.

사번스럽다= 일이 많고 번거롭게 보이다.

사복개천= 거리낌 없이 상말을 마구 하는 입이 더러운 사람을 낮게 일컫는 말.

사부랑거리다= 주책없이 시시한 말로 방정맞게 지껄이다.

사부랑삽작= 가볍게 선뜻 건너뛰거나 올라서는 모양.

사분거리다= 슬쩍슬쩍 우스운 소리를 해가면서 끈기 있게 조르다. 가만가만 지껄이다. 사분사분. 사분대다.

사부자기= 힘 들이지 아니하고 가만히. 일을 사부자기 해 치우다.

사분사분하다= 마음씨가 보드랍고 상냥하다.

사붓이= 발걸음을 소리 없이 가볍게. 사붓이 걷다.

사살사살= 잔소리로 말을 자꾸 늘어놓는 모양.

사시랑이= 가늘고 약한 사람이나 물건.

사오락사오락= 비단 치맛자락이 서로 스치어 내는 소리.

사위다= 불이 다 타서 재가 되다. 숯불이 사위다.

사이 먹다= 곁두리를 먹다.

사이참= 일을 하거나 잠시 쉬는 동안 또 그 때에 먹는 음식. 새참. 站

사푼사푼= 발소리가 크게 나지 않도록 연해 발을 가볍게 내딛는 모양
이나 소리. 사뿐사뿐. 사푼.

사풋사풋= 발을 살짝 가볍고도 급하게 계속적으로 내딛는 모양이나 소
리. 사붓사붓.

사품= 어떤 일이 벌어지는 계기나 바람. 쓰러지는 사품에 아이가 깔리
다.

산가야창= 시골 노래. 山歌野唱

산골고라리= 어리석고 고집 센 산골 사람.

산골중놈 같다= 의뭉스러운 자를 이르는 말.

산기둥= 벽 같은 데 붙어있지 아니하고 따로 서있는 기둥. 흔히 대청
한 가운데에 서 있음.

산들어지다= 태도가 맵시 있고 경쾌하다. 좀 시원한 듯하고 가볍게 간
드러지다.

산득= 몸에 갑자기 찬 느낌을 받거나 마음에 갑자기 놀라는 느낌을 받
는 모양. 선득. 산뜩.

산뜻하다= 깨끗하고 시원하다.

산망스럽다= 언행이 경망하고 잗다. 산망스레.

산멱통= 살아있는 동물의 목구멍. 멱통.

산명 응곡= 산이 울면 골짜기도 응함. 곧 소리가 산과 골짜기에 울림 山鳴應谷

산모퉁이= 산기슭의 쑥 내민 귀퉁이. 山岬.

산벼락= 죽지 않을 정도로 맞은 벼락. 곧 몹시 혼이 남을 비유하는 말.

산부리= 산의 어느 부분이 부리같이 쑥 내민 곳. 산의 돌출부.

산삭= 필요하지 아니한 글귀나 글자를 지워버림. 削去. 削除 刪削

산수= 글의 자구를 깎고 다듬고 하여 잘 정리함. 刪修. 刪定.

산산하다= 시원할 정도로 좀 추운 듯하다. 선선하다.

산안장= 산마루나 언덕 사이의 움푹 들어가 낮게 된 곳.

산연히= 눈물을 줄줄 흘리는 꼴. 연산의 눈에는 산연히 눈물이 흘렀다.

산울타리= 산 나무를 심어서 이루어진 울타리. 탱자나무 측백나무 등 으로 함. 생 울타리. 산울.

살= 사람이나 물건 등을 해치는 독하고 모진 기운. 곧 악귀의 짓. 네 주먹에는 살이 있다. 살이 끼다.

살 가다= 대수롭지 아니한 것을 건드려서 공교롭게 상하거나 깨졌을 때 이르는 말. 한번 때린 것이 살 가서 죽었다.

살갑다= 겉으로 보기보다는 속이 너르다. 마음씨가 부드럽고 다정스럽 다.

살그니= 마음속으로 은근히. 바쁘거나 활발하지 못하고 가만히. 슬그니

살그머니= 남이 모르게 넌지시. 살그미. 슬그머니.

살근거리다= 둘이 서로 마주 닿아 가볍게 비비다. 힘들이지 않고 살그 머니 가볍게 행동하다. 슬근거리다. 살근살근. 부채질을 살근살근…

살긋거리다= 한 쪽으로 배뚤어지다. 기울어지게 자꾸 움직이다. 또 그 리되게 하다. 쌀긋거리다. 샐긋거리다. 실긋하다.

살기가 차다= 무섭고 독살스러운 기운이 꽉 차다. 살기 차게 대들다.

살똥스럽다= 말이나 하는 짓이 독살스럽고도 당돌하다. 살똥스레.

살뜰하다= 썩 알뜰하다. 규모가 있고 착실하다. 살틀스럽다.

살림때= 살림에 찌드는 일. 살림때가 묻다.

살맛= 남의 살과 서로 맞닿아서 느끼는 감각. 성행위에서 상대편의 육체로부터 느끼는 쾌감.

살맛= 세상을 살아가는 재미.

살망하다= 아랫도리가 가늘게 상큼하다. 옷의 길이가 키보다 좀 짧다. 스커트가 살망하다.

살망살망= 살망한 다리로 걷는 모양.

살바람= 좁은 틈에서 들어오는 찬바람. 봄철에 부는 찬바람.

살살하다= 교활하고 간사하다. 가늘고 약하다. 가냘프고 곱다. 아슬아슬한 고비를 가까스로 면하는 상태에 있다.

살천스럽다= 쌀쌀하고 매섭다. 그녀는 치맛자락을 휩싸고 살천스럽게 앉아있고...

살팍지다= 근육이 살찌고 단단하다.

살포시= 매우 보드랍게. 살며시. 살포시 몸을 들고...

살품= 옷과 가슴 사이에 있는 빈틈.

살피꽃밭= 건물 담 밑 도로 등을 따라 좁고 길게 만든 꽃밭. 외관상 앞쪽에는 키가 작은 꽃, 뒤쪽에는 키가 큰 꽃을 심음.

살핏하다= 짜거나 엮은 것이 좀 얇고 성긴 듯하다. 설핏하다. 살핏살핏.

삶이= 논을 삶는 일. 건삶이와 무삶이 있음.

삼가다= 조심하다. 경계하다. 말을 삼가다. 여자를 삼가다. 술을 삼가다.

삼단전= 뇌 심장 배꼽아래 세치의 곳. 三丹田.

삼박거리다= 눈이나 살 속이 자꾸 찌르는 듯하다. 습벅거리다. 깜박거리다. 쌈박거리다.

삼박= 잘 드는 칼에 쉽게 베이는 모양. 또 그 소리. 삼빡. 쌈빡. 쌈박. 삼사하다. 어울리지 아니하다. 섭서하다.

삼삼하다= 음식 맛이 조금 싱거운 듯하면서 맛이 있다. 잊혀지지 아니하고 눈에 어리다. 눈에 삼삼하다. 삼삼히.

삼탯국= 콩나물, 두부. 북어국. 해장할 때에 흔히 먹음. 三太湯.

삼하다= 어린 아이의 성질이 순하지 아니하고 사납다.

삽삽하다= 사근사근하다. 삽삽하게 굴다.

삽시간= 극히 짧은 시간. 잠깐 동안. 頃刻. 片刻. 一刻. 瞬間. 霎時間.

삿갓구름= 외따로 떨어진 산봉우리의 꼭대기 부근에 걸리는 갓 모양의 구름. 기류가 산기슭을 따라서 상승하다가 단열 팽창해서 냉각되므로 생김.

삿갓집= 지붕을 삿갓 모양으로 지은 집. 작은 정자 따위의 지붕 집.

삿대질= 상앗대질. 말다툼 할 때 주먹이나 손가락 또는 막대기 같은 것으로 상대의 얼굴을 향하여 푹푹 내지르는 짓.

삿부채= 갈대 따위를 쪼개어 결어 만든 부채.

삿자리= 갈대를 엮어서 만든 자리.

상고대= 나무나 풀에 내린 눈같이 된 서리. 樹稼. 霜淞. 霧淞. 木稼.

상그럽다= 향기롭다. 산뜻하고 상그럽게...

상그레= 소리 없이 눈만 움직여서 지긋이 귀엽게 웃는 모양.

상긋이= 다정하게 지긋이 눈웃음치는 모양.

상막하다= 기억이 분명하지 않고 아리송하다.

상스럽지 않다= 보통사람 답지 않다. 언행이 온당하지 않다.

상스럽다= 말과 짓이 야하고 천하다. 쌍스럽다.

새득새득= 조금 시들어서 윤기가 없고 빠득빠득한 모양. 새득새득 말랐다.

새되다= 목소리가 높고 날카롭다. 새된 목소리.

새뜩하다= 잔단 일로 토라져서 말대꾸도 아니 하다.

새록거리다= 색색거리다. 그녀의 새록 거리는 가쁜 숨소리가 들렸다.

새롱거리다= 경솔하고 방정맞게 야불야불 계속해서 지껄이다. 남녀가 점잖지 못한 말이나 행동으로 서로 희롱하다. 시룽거리다.

새무룩하다= 못 마땅히 여기어 말이 없이 보로통해 있다. 새무룩한 얼굴.

새살거리다= 상글상글 웃으면서 재미있게 지껄이다. 새살궂다. 새살떨다.

새우등지다= 등이 새우처럼 구부러지다.

새잡다= 남의 비밀을 엿듣다.

새전= 신불 앞에 참배할 때 드리는 돈. 또 참배할 때 돈을 바침. 새전하다.

새청= 날카로운 목소리. 새된 목소리.

새촘하다= 새침하다. 눈을 새촘하게 뜨고...

새치부리다= 몹시 사양하는 체 하다.

새털구름= 卷雲의 俗名.

새털구름층= 새털구름이 겹치어 쌓이는 층. 卷雲層

새퉁스럽다= 어처구니없이 새삼스럽다. 새퉁스레.

새퉁이= 밉상스럽고 경솔한 짓. 또 그러한 사람.

색바람= 이른 가을에 부는 신산한 바람.

샐샐= 새실새실. 얄밉게 샐샐 웃다. 실실.

샛바람= 동풍의 뱃사람 말. 새. 샛바람에 게눈 감치듯-

생가슴= 공연한 걱정으로 상하는 마음 속. 생가슴을 앓다.

생게망게하다= 뜻밖의 일이 너무나 터무니가 없어서 도무지 이해할 수가 없다. 생급스럽고 터무니가 없어 생각이 도무지 닿지 않다.

생각이 꿀떡 같다= 생각이 매우 간절하다.

생급스럽다= 하는 일이 뜻밖이고 갑작스럽다. 끄집어내는 말이 터무니 없다. 새삼스럽다.

생똥 같다= 말이나 짓이 앞뒤가 서로 맞지 아니하고 엉뚱하다.

생자기를떼다= 시치미를 떼다.

생전부귀 사후문장= 부귀는 죽음으로 그치지만 문장은 영구히 빛난다 는 말.

생청= 불기를 뵈지 아니하고 떠낸 꿀.

생청붙이다= 모순되는 말을 시치미를 떼고 하다.

생코 골다= 헛코골다.

생파리= 생기가 있고 팔팔한 파리. 남이 말을 붙일 수도 없게 성미가 뾰롱뾰롱한 사람.

생파리같다= 남이 조금도 가까이 할 수 없게 쌀쌀하고 까다로운 사람 을 이르는 말.

서그럽다= 성질이 너그럽고 서글서글하다.

서낭= 서낭신이 붙어있다는 나무. 서낭신. 식물숭배.

서낭신= 한 부락의 수호신으로 받드는 신. 城隍神.

서덜= 냇가나 강가의 돌이 많은 곳. 생선의 살을 발라내고 난 나머지의 뼈 대가리 껍질의 총칭. 서대기.

서로= 서민 가운데 나이가 70이상 된 노인. 庶老

서로치기= 꼭 같은 일을 서로 바꾸어 하여주기.

서름하다= 남과 가깝지 못하다. 서름한 사이. 사물에 익숙하지 못하다.

서리다= 수증기가 찬 기운을 받아 물방울을 지어 엉기다. 창에 김이 서리다. 어떤 기운이 얼굴에 나타나다. 어떤 생각이 마음 속 깊이 자리잡다. 가슴 속에 서린 원한. 기가 꺾이다.

서리꽃= 유리창 등에 서린 수증기가 꽃처럼 엉기어서 이룬 무늬.

서리다= 길고 잘 감기는 물건이 동그랗게 포개어 감다. 뱀이 몸을 서리다. 사리다.

서릿바람= 서리 내린 아침의 찬바람.

서릿발= 서리가 땅 바닥 풀포기 같은 것의 위에 엉기어 성에처럼 된 모양. 서릿발이 서다.

서머하다= 미안하여 대할 낯이 없다.

서먹하다= 낯익지 아니하여 어색하다. 서먹서먹하다.

서물거리다= 어리숭한 것이 눈앞에 떠올라 어른거리다. 매운 것을 먹어 뱃속이 자꾸 얼얼해 오다.

서부렁하다= 묶거나 쌓은 물건이 꼭 다붙지 아니하고 느슨하거나 버름하다. 사부랑하다.

서분서분하다= 성정이 부드럽고 친절하다. 사분사분하다.

서붓서붓= 발을 가볍게 얼른 내디디는 모양이나 소리.

서사체= 사실을 있는 그대로 객관적 수법에 의하여 묘사하는 문체.

서술= 차례를 쫓아 말함. 일의 경위를 연차적으로 서술하다. 敍述

서술어= 한 문장의 주어아래에 있어서 어떤 동작이나 형태나 존재 등을 나타내는 말. 동사 형용사가 이에 사용됨. 술어. 풀이말. 敍述語

서슬= 칼날이나 다른 물건의 날카로운 곳. 서슬이 시퍼런 칼. 언행의 날카로운 기세. 등등한 기세.

서어= 너절하게 긴 말. 絮語

석연하다= 속으로 의심스러운 일이 사원하게 풀리다. 마음이 환하게 풀리다. 석연하지 않은 얼굴. 석연히.

서기다= 푹한 날씨가 쌓인 눈을 속으로 석게 하다. 더운 기운이 술 식혜등이 괴는 국물을 속으로 석게 하다.

석음= 해진 뒤의 어스름한 때. 夕陰

석임= 빚어 담근 술이나 식혜 같은 것이 익을 때 부글부글 괴면서 속으로 석음. 석임 하다.

석자= 철사로 그물처럼 엮어 바가지 같이 만들고 긴 자루를 단 그릇. 튀김 같은 것을 건져낼 때에 씀.

섞갈리다= 갈피를 잡지 못하여 여러 가지가 뒤섞이다. 이야기가 섞갈리다.

섞바꾸다= 먼젓 것과 다른 것으로 갈아 바꾸다. 서로 번갈아 차례를 바꾸다. 섞바뀌다.

섞사귀다= 지위와 환경이 다른 사람들 끼리 서로 서귀다.

선둥이= 쌍태 중에서 먼저 나온 아이. <후둥이>

선드러지다= 태도가 맵시 있고 경쾌하다. 산드러지다.

선득= 갑자기 놀라거나 찬 느낌을 받는 모양. 가슴이 선득하다. 선뜩.

선득선득= 빗발에 피부가 척척해 옴을 느끼는 동시에 마음까지 선득선득함을 느끼다.

선바람= 지금 차리고 나선 그대로의 차림새.

선바람쐬다= 낯선 지방의 바람을 쏘이다. 곧 낯선 지방으로 돌아다니다.

선손= 남보다 먼저 한 착수. 또는 먼저 착수함. 선수. 먼저 손찌검을 함. 또 그 손찌검. 선수. 선손을 쓰다.

선하다= 마음에 사무치어 눈앞에 암암히 보이는 듯하다. 고향산천이

눈이 선하다.

선홈통= 지붕 등에서 땅바닥까지 수직으로 댄 빗물 받는 홈통. 처마홈
통.

설꼭지= 질그릇 같은 갓의 넓죽한 꼭지.

설렁하다= 설렁설렁한 느낌이 있다. 갑자기 놀라 가슴 속에 찬바람이
도는 것 같다. 썰렁하다. 살랑하다.

설렁거리다= 조금 서늘한 느낌이 생길만큼 바람이 가볍게 자주 불다.

설레발= 몹시 서두르며 부산하게 구는 짓. 설레발을 놓다. 설레발을 치
다.

설레 바리= 그리마. 설레 바리와 같이 기다란 눈썹.

설멍하다= 아랫도리가 가늘고 길어 어울리지 아니하다. 옷이 몸에 짧
아 어울리지 아니하다. 살망하다.

설미= 흰 눈썹. 또 흰 눈썹을 가진 노인.

설면하다= 자주 만나지 못하여 좀 설다. 친구와도 설면해지기 쉽다. 정
답지 아니하다.

설보다= 똑똑히 아니 보고 대강 보다. 잘못 보다.

설설거리다= 긴 다리로 연해 가볍게 기어 다니다. 마음이 들떠서 연해
돌아다니다. 머리를 연해 가볍게 젓다. 썰썰거리다. 살살거리다.

설설하다= 활달하고 시원시원하다. 설설히

설옹산= 눈이 하얗게 덮인 산. 雪翁山. 雪山.

설잡다= 불안전하게 붙잡다.

설치다= 행동을 거칠게 하면서 날뛰다. 급히 서둘러 마구 덤비다. 거리
를 설치고 다니다. 설치는 불량배들.

설치다= 제 한도에 차지 아니해서 그만두다. 잠을 설치다.

설핏하다= 조금 설핀 듯하다. 해가 져 밝은 빛이 약하다. 해는 벌써 설

핏하고 강바람은 차가웠다. 살핏하다.

섬돌= 집채의 앞뒤에 쌓아 만든 오르내리는 돌층계.

섬뜩하다= 가슴이 덜렁하도록 무섭고 꺼림칙하다. 소름이 끼칠 만큼 무섭고 끔찍하다.

섬마섬마= 따로 따로 따 따로.

섬벅= 잘 드는 칼에 쉽사리 베어지는 모양. 또 그 소리. 섬뻑. 썸벅.

섬서하다= 친절하지 아니하다. 어울리지 아니하다. 삼사하다.

섬쩍지근하다= 무섭고 꺼림칙한 느낌이 오래도록 있다.

섬찍하다= 섬뜩하다.

섭슬리다= 휩쓸리다. 섭쓸리다.

섭치= 여러 가지 물건 중에서 변변하지 아니한 물건.

성마르다= 도량이 좁고 성질이 급하다.

성크름하다= 바람기가 많고 좀 쌀쌀하다.

세나다= 상처나 부스럼 같은 것이 덧나다.

세문안= 새해에 문안을 드림. 또 그 문안. 歲問安

소갈딱지= 소갈머리. 소갈딱지 없는 것. 心志. 소갈머리.

소담하다= 음식이 넉넉하여 보기에도 먹음직하다. 생김새가 탐스럽다.

소도록하다= 수효가 많아서 소복하다.

소득소득= 나무나 풀뿌리 등이 몹시 시들어 마른 모양. 수득수득.

소들하다= 분량이 생각과는 달리 적어서 마음에 차지 아니하다. 소들히.

소락소락= 언행을 요량 없이 경솔히 하는 모양. 한길에서도 소락소락 말을 거는 봉수. 수럭수럭.

소록소록= 아기가 곱게 자라는 모양. 비가 보슬보슬 내리는 모양.

소롯이= 살며시. 잠이 소롯이 오는...

소르르= 얽힌 물건이 잘 풀어지는 모양. 부드러운 바람이 천천히 부는 모양. 졸음이 오는 모양.

소마소마= 겁내거나 무서워하는 모양. 두근두근하는 가슴과 소마소마 한 사지가 형언 할 수...

소소리바람= 이른 봄에 살 속으로 스며드는 듯한 음산하고 찬바람. 회오리바람.

소소리 패= 나이가 어리고 경망한 무리.

소스라치다= 깜짝 놀라 몸을 떠는 듯이 움직이다. 소스라치게 놀라다.

소스치다= 몸을 솟치다.

소슬바람= 가을에 으스스하고 쓸쓸하게 부는 바람.

소슬하다= 가을바람이 으스스하고 쓸쓸하다. 석양은 꺼지고 초겨울 바람은 나뭇가지에 소슬하다. 소슬히.

소양배양하다= 아직 나이가 어려서 함부로 날뛰기만 하고 철이 없다.

소왈소왈= 소곤소곤. 소왈소왈 무엇을 속삭인다.

소쿠라지다= 아주 빠른 물결이 굽이쳐 용솟음치다.

소피= 오줌 누는 일. 소피를 보다.

속 긁다= 비위를 건드리어 속이 뒤집히게 만들다.

속긋= 글씨나 그림 등을 처음 배우는 이에게 덮어 쓰이기 위하여 먼저 가늘게 그리어 주는 획. 속긋을 넣다.

속눈물= 눈 안에 어리기만 하는 눈물.

속 달다= 무슨 일에 애를 쓰느라고 속이 타는 것 같이 안타까워지다.

속바람= 몸이 몹시 지친 때에 숨을 고르게 쉬지 못하고 몸이 떨리는 현상.

속살다= 겉으로는 죽은 듯이 가만히 있으나 속으로는 반항하는 뜻이 있다.

속소그레하다= 조금 작은 여러 개의 물건이 크지도 작지도 아니하여 거의 고르다. 쏙소그레하다. 숙수그레하다.

속악스럽다= 속되고 악하다. 품이 낮고 나쁘다. 속악스레.

속재미= 남모르게 하는 실속 있는 재미. 속재미는 저 혼자 본다.

속절없다= 아무리 하여도 단념할 수밖에는 별 도리가 없다. 속절없는 세월은 유수같이 흘러.

손돌이바람= 孫乭風. 孫石風.

손돌이추위= 음력 시월 스무날께의 심한 추위. 손돌풍.

손벼루= 조그마한 벼루.

손사래= 어떤 말을 부인 할 때 또는 조용하기를 요구할 적에 손을 펴서 휘젓는 짓. 손사래를 치다. 손사래 짓.

손샅= 손가락 사이.

손샅으로 밑 가리기= 가린다고 가렸으나 아무 소용도 없고 드러날 것은 다 들어나고야 만다는 말.

손속= 노름 할 때에 힘들이지 아니하여도 손대는 대로 잘 맞아 나오는 운수. 손속이 좋다.

손숫물= 손을 씻는 물.

손 싸다= 손을 놀리어 일하는 품이 재빠르다.

손 싸매다= 손을 싸매놓은 것처럼 아무 일도 하지 않고 놀다.

손 없다= 날짜 따라 사람의 행동을 방해한다는 귀신이 없다.

손자삼요= 인생 삼요 중, 분에 넘치게 즐겨하고, 한가함을 즐겨하고, 주색을 즐겨함은 곧 세 가지 손해라는 뜻. 損者三樂 〈益者三樂〉

손 잠기다= 다른 일에 매어서 빠져나갈 수 없게 되다.

손재다= 동작이 재빠르다.

손 저리다= 당황하다. 겁나다. 떨리다.

손 짜이다= 허술한 데나 빈틈없이 격식이나 체재에 딱 어울리다.

손회목= 손목의 잘록하게 들어간 곳. 手腕. 〈발회목〉

솔= 화살로 맞히는 목표의 과녁. 나무 무명 베 등으로 사방 열자가 되게 만듦. 小布.

솔가리= 말라서 땅에 떨어진 불쏘시개로 쓰는 솔잎.

솔다= 시끄러운 소리나 귀찮은 말을 많이 들어서 귀가 아프게 되다.

솔다= 넓이가 좁다. 폭이 좁다. 저고리 품이 솔다.

솔버덩= 소나무가 무성하게 들어선 버덩. 〈버덩-거친 넓은 들〉

솔보굿= 소나무의 보굿. 소나무의 겉껍질.

솔포기= 가지가 다보록한 작은 소나무. 솔폭.

솟구치다= 빠르고 세게 솟구다. 불길이 솟구치다.

송골송골= 땀. 소름 따위가 자디잘게 많이 돋아나는 모양. 송글송글.

송당송당= 물건을 조금 작고 거칠게 빨리 써는 모양. 송당송당 썰다. 바느질 할 때 거칠게 호는 모양.

송알송알= 고추장 술 등이 괴어서 거품이 이는 모양. 송알송알 괴다. 땀이나 물방울 등이 조그맣게 방울방울 많이 맺힌 모양.

쇠귀신= 소가 죽은 뒤 된다는 귀신. 牛神. 성질이 몹시 검질긴 사람을 일컫는 말.

쇠귀신 같다= 씩씩거리기만 하고 말없는 사람의 일컬음.

쇠기침= 오래도록 낫지 않아서 쇤 기침.

쇠양배양하다= 앞일을 짐작하고 사물을 분별하는 지혜가 적다.

쇠풍경= 소의 턱 밑에 다는 방울.

수들수들= 뿌리 같은 것이 조금 시들어서 마른 모양. 호박꼬지가 수들수들 말랐다. 소들소들.

수땜= 앞으로 닥쳐올 불길한 수를 미리 다른 고난을 겪어서 대신하는 일.

수떨다= 수다스럽게 떠들다.

수떨 하다= 수선하고 떠들썩하다.

수럭수럭= 말이나 하는 짓이 사뭇 쾌활한 모양. 소락소락.

수런거리다= 여러 사람이 한데 모여 수선스럽게 지껄이다. 수런수런.

수렁배미= 수렁처럼 무른 개흙으로 된 논배미. 수렁논배미

수련천= 물과 잇닿아 보이는 아득한 하늘.

수련하다= 마음이 순하고 곱다. 수련히.

수록지= 공구를 써서 손으로 뜬 종이. 水漉紙. 우리나라의 **韓紙**. 중국
의 漢紙. 일본의 和紙 〈機械漉紙〉

수렴= 폭포의 미칭. 水簾

수곡= 시골동네 어귀에 서 있는 돌 또는 나무. 동네를 수호하는 신성한
것으로 전염병이 유행할 때 새끼줄을 쳐서 모시며 또 병이 나으라
고 환자의 옷을 걸어놓기도 함.

수삽= 부끄러워 머뭇머뭇 함. 羞澁한 말소리로...

수선= 남의 정신을 어지럽게 하는 말이나 짓. 수선수선.

수선거리다= 정신이 어지럽게 떠들다. 떠들썩하여 정신이 산란하여지
다.

수성대다= 수군거리면서 웅성대다.

수성수성하다= 수성대다. 수성수성하던 장내가 소리 하나 없이 조용...

수수하다= 시끄럽고 떠들썩하여 정신이 어지럽다.

수수하다= 옷차림이나 성질 태도 같은 것이 그저 무던하다. 물건의 품
질이 썩 좋지도 아니하고 나쁘지도 아니하며 그저 쓸 만하다.

수오지심= 불의를 부끄러워하고 불선을 미워하는 마음. 羞惡之心

수인사= 늘 하는 인사. 일상의 예절. 修人事

수자리= 국경을 지키는 일. 또 그 민병. 衛戍

수잠= 깊이 들지 아니한 잠. 겉잠.

수줍음= 부끄러워하는 태도. 수줍음을 잘 탄다.

수중유행= 자다가 별안간 일어나 반수반성 상태로 여러 가지 행동을 함. 睡中遊行. 夢遊病

수즉다욕= 오래 살면 욕되는 일이 많음. 壽則多辱

수챗구멍= 수채의 허드렛물이 빠져나가는 구멍.

수통스럽다= 부끄럽고도 분한 마음이 있다.

수틀리면= 잘 나가리라 예상했던 것이 틀려져서. 일이 뜻대로 되지 않으면. 수틀리면 가만 안 둘 테다.

수틀리다= 마음에 맞갖잖다.

숙덕거리다= 여럿이 모여서 연해 은밀하게 수군거리다. 쑥덕거리다.

숙덕공론= 남 몰래 숙덕거리는 의논.

숙설거리다= 말소리를 낮추어 숙덕거리다.

숙수그레하다= 여러 개의 물건이 별로 크지도 작지도 아니하고 거의 고르다. 쑥수그레하다. 속소그레하다.

숙숙하다= 고요하고 쓸쓸한 듯하다. 고요하고 엄숙하다.

숙연= 삼가 두려워하는 모양. 고요하고 엄숙한 모양. 숙연한 자세.

숙지근하다= 불꽃같이 맹렬하던 형세가 줄어져가다.

술렁이다= 어수선하게 설레다. 마음이 들떠서 설레다.

술잔거리= 술잔이나 사 먹을 만한 적은 돈.

술적심= 밥을 먹을 때에 숟가락을 적신다는 뜻으로 국 찌개 등의 국물이 있는 음식을 가리키는 말. 술적심도 없는 밥을 먹었다.

숨비 소리= 바다위에 떠오르는 해녀가 참고 있던 숨을 내쉬는 휘파람 같은 소리.

숫구멍= 갓난아이의 정수리가 아직 굳지 아니하여 숨 쉴 때마다 발딱 발딱 뛰는 곳. 숨구멍. 頂門.

숫기= 활발하여 부끄럼 없는 기운.

숫기 좋다= 부끄러워하는 기색이 없다. 수줍은 태도가 없다.

숫눈길= 눈이 와서 덮인 후에 아무도 아직 지나지 않은 눈길.

숫되다= 순진하기만 하여 물정을 잘 모르고 어수룩하다. 숫된 처녀.

숫보기= 숫된 사람. 숫총각이나 숫처녀.

숫접다= 순박하고 진실한데가 있다.

숭굴숭굴하다= 성질이 너그럽고 원만하다. 숭굴숭굴한 사람. 얼굴의 생김새가 귀염성 있고 덕성스럽다.

숫지다= 약삭빠르지 아니하여 순박하고 후하다.

숭어리= 꽃이나 열매 같은 것의 큼직한 날개가 한데 모여 달린 덩어리. 꽃 열매 같은 것이 한데 모여 달린 덩어리를 세는 단위. 송아리.

숭얼숭얼= 숭어리가 여러 개 엉킨 모양. 큰 거품이 방울방울 엉킨 모양. 송알송알.

숱지다= 물건의 부피나 분량이 많다. 숱한 사람들. 숱하게 벌었다. 흔하다. 숱하게 볼 수 있는 물건.

숲정이= 마을 근처에 있는 수풀.

쉬슬다= 파리가 쉬를 깔기어 놓다.

스름스름= 슬금슬금. 개 한 마리가 스름스름 다가와 쏟은 술찌끼를 핥았 먹었다.

스멀거리다= 살갗에 작은 벌레가 기어가는 것같이 근질거리다. 스멀스멀. 사추리(샅) 밑을 스멀스멀 기는 이는 설거지하기에도... 스물거리다.

스스럽다= 정분이 두텁지 아니하여 조심스럽다. 스스럽게 생각 말고... 생활이 스스러웠다. 모두가 서먹서먹할 뿐이었다. 부끄러운 생각이 있다. 혼자 찾아가기는 스스럽다.

스쳐보다= 곁눈질을 하여 슬쩍 보다.

슬그니= 혼자 마음속으로 은근히 슬그니 그 여자를 사랑했다. 바쁘거나 활발하지 못하고 가만히. 슬그니 들어가서.. 살그니. 살그머니.

슬그머니= 남이 모르게 넌지시. 아무도 모르게 슬그머니 놓고 갔다. 슬그미. 살그머니.

슬근거리다= 물건과 물건이 서로 맞닿아 가볍게 비비다. 살근거리다. 슬근슬근. 슬근대다.

슬금슬금= 남의 눈치를 살펴가면서 아무도 모르게 가만가만 하는 모양. 슬금슬금 훔쳐 넣다. 슬금슬금 도망가다. 슬슬. 살금살금.

슬금하다= 속으로 슬기롭고 너그럽다. 색시가 사람이 얼마나 슬금하우.

슬금슬쩍= 남이 모르게 슬그머니 얼버무려서 슬쩍 넘기는 모양. 잘 모르는 대목에서 슬금슬쩍 넘어간다.

슬기= 사물의 이치를 밝히고 시비와 선악을 판별하는 능력. 지혜. 사물을 처리하는 재능. 슬기가 있다.

슴벅= 눈꺼풀을 한번 움직여 눈을 감았다 뜨는 모양. 씀벅.

슴벅거리다= 눈꺼풀을 움직여서 연하여 눈을 감았다 떴다 하다. 눈이나 살 속이 자꾸 찌르는 듯이 시근시근하다. 삼박거리다. 씀벅거리다.

시건방지다= 시큰둥하게 건방지다. 시건방지게 굴다.

시골고라리= 어리석고 고집이 센 시골 사람. 고라리.

시궁= 더러운 물이 빠지지 않아서 흙이 썩어 이루어진 도랑 창.

시궁발치= 시궁의 근처.

시궁창= 수챗물이나 빗물이 잘 빠지지 아니하여 질척질척하게 된 곳.

시그러지다= 뻗친 힘이 죽어 사라지다.

시근덕거리다= 시근거리고 헐떡거리다. 몹시 거칠게 사근거리다.

시근벌떡= 숨이 차서 시근거리며 헐떡거리는 모양. 씨근벌떡. 새근발딱.

시금쌀쌀하다= 맛이 시금하고 쌀쌀하다.

시금털털하다= 맛이 좀 시고 떫다. 시금떨떨하다.

시끈하다= 시큰하다. 눈시울이 시끈해 지다.

시끌벅적= 시끄럽고 어수선할 먼큼 벅적거리는 모양.

시끌짝하다= 시끌시끌하다.

시나브로= 알지 못하는 사이에 조금 씩 조금씩. 모아둔 돈을 시나브로 다쓰다. 병이 시나브로 낫다. 다른 일을 하는 사이에.

시난고난= 병이 점점 더 심하여가는 모양. 시난고난 숨만 붙어 있는...

시늉= 어떠한 모양이나 움직임을 흉내 내는 짓. 죽는 시늉을 하다.

시늉글자= 상현글자.

시늉말= 흉내말.

시답잖다= 시답지 않다. 보잘 것 없이 마음에 차지 아니하다.

시드럭시드럭= 꽃이나 풀 등이 시든 모양. 시득시득. 시들시들.

시들먹하다= 시들한 기운이 있어 보인다.

시들부들= 약간 시들어서 부드러워진 모양. 시드럭부드럭.

시뚝하다= 마음에 언짢아서 토라져 있다. 사람 하나만 시뚝하고 그 외...

시뜻하다= 다랍고 시들하다. 같은 일을 여러 번 겪어서 싫은 생각이 나다. 시틋하다.

시뜩새뜩하다= 연하여 시뜩거리고 새뜩거리다.

시러베아들= 실없는 사람을 낮추어 일컫는 말.

시러베장단= 실없는 말이나 행동을 홀하게 일컫는 말.

시부렁거리다= 점잖지 못한 언행으로 보기 싫게 실떡거리다. 새롱거리 다. 시룽시룽. 가까이 가서 시룽시룽 말을 건 것도 그리 어색하지...

시룽 새룽= 싱숭생숭.

시르죽다= 기운을 못 차리다. 기를 펴지 못하다.

시르죽은 이= 몰골이 초췌하고 초라한 행색을 놀려 이르는 말. 생기가 연년이 줄어서 지금도 시르죽은 이 같이 되었소.

시름= 늘 마음에 걸리는 근심과 걱정.

시름겹다= 감당하지 못할 정도로 시름이 많다.

시름시름= 병세가 더하지도 않고 또 썩 낫지도 아니하면서 오래 끄는 모양. 시늠시늠

시부저기= 별로 힘 들이지 않고 거의 저절로. 시부저기한 일이 마침 잘됐다. 사부자기.

시뻐하다= 시쁘게 여기다. 못 마땅하게 생각하다. 그새까지 시뻐하던 장가를...

시름없다= 근심 걱정으로 맥이 없다. 아무 생각이 없다.

시쁘다= 마음에 차지 아니하다. 시틋하다. 유씨는 시쁘다는 듯이 남편 을 건너다보았다. 껄렁하여 대수롭지 않다.

시새움= 시새우는 일. 또 그러한 마음. 시새움을 내다. 시샘.

시설거리다= 싱글싱글 웃으면서 재미있게 지껄이다. 새살거리다.

시시부지= 일을 어름어름하여 아무렇게나 해 넘기는 모양. 우물쭈물하 는 사이에 저절로 없어지거나 희미해지는 모양.

시설스럽다= 성질이 온순하지 못하고 실없이 수선부리기를 좋아하다.

시시풍덩하다= 시시하고 實답지 않다. 시풍덩하다.

시실거리다= 실없이 자꾸 웃거나 쓸데없이 해식 게 굴다. 시실대다.

시적거리다= 마음이 내키지 않아 억지로 행동을 하다. 시적시적.

시틋하다= 무슨 일에 몰려서 싫증이 나다. 몸에 시틋한 피로감이 스
며..

신관= 얼굴의 존칭. 신관이 좋으십니다.

신랄= 맛이 매우 쓰고 매움. 매우 가혹하다. 모지락스러움. 신랄한 논
쟁.

신물이 나다= 지긋지긋한 생각이 든다. 진정머리가 나다.

신산스럽다= 고생스럽고 을씨년스럽다.

신신하다= 싱싱하다. 마음에 들게 시원스럽다. 무엇이 신신한 소리라
고...

실골목= 폭이 썩 좁은 골목.

실구름= 실과 같이 가늘고 긴 구름.

실답지 않다= 착실하거나 미덥지 아니하다. 꾸밈이나 거짓이 있다.

실도랑= 작은 도랑. 폭이 아주 좁은 도랑.

실덕거리다= 실없이 웃고 쓸데없는 말을 자꾸 하다. 실떡실떡.

실랑이질= 남을 못 견디게 굴어 시달리게 하는 짓. 실랑이.

실바람= 솔솔 부는 바람.

실실이= 실처럼 가는 가지마다. 수양버들이 실실이 푸르렀다.

실성거리다= 실성하여 정신이 온전치 못한 것처럼 말하거나 행동하다.
실성 대다. 생떼 같은 아들을 잃고 실성거리고 다닌다.

실안개= 엷게 낀 안개. 낮은 습도에서 먼지 연기로 생기는 안개.

실쭉거리다= 물건이 한 쪽으로 길쭉이 실그러진 형상으로 자꾸 움직
이다. 싫은 생각이 나서 얼굴을 자꾸 실그러뜨리다. 씰쭉이다. 샐쭉
하다.

실팍하다= 사람이나 물건이 보기에 매우 튼튼하다.

심마니= 산삼을 캐는 것을 생업으로 삼는 사람. 採蔘꾼.

심메= 산삼을 캐러 산에 가는 일.

심밭= 산삼이 무더기로 난 곳. 심바치.

심술= 온당하지 못하고 고집스러운 마음. 게정. 性術. 샘.

심술 사납다= 심술이 나쁘고 모질다.

싱그럽다= 싱싱하고 향기롭다. 싱그러운 5월의 신록.

싱둥하다= 싱싱하게 생기가 있다.

싱숭생숭= 마음이 들떠 어수선하고 갈팡질팡하는 모양. 시룽새룽. 봄철
이 되니 마음이 시룽새룽하다.

싸늘하다= 날씨가 쌀쌀하게 차다. 차가울 이 만큼 싸늘하다. 싸느랗다.
깜짝 놀랄 때 마음속에 찬 기운이 일어나는 것 같은 느낌이 있다.

싸목싸목= 조금 씩 조금 씩 천천히 나아가는 모양.

싹쓸바람= 풍력이 초속 32.7미터 이상의 바람. 颱風.

쌀랑하다= 온도가 내려 차다. 공기가 싸느랗다. 쌀랑한 아침 공기. 놀
랄때 가슴이 갑자기 텅 비고 찬바람이 도는 듯한 느낌이 있다.

쌀래쌀래= 머리를 되게 가로 흔드는 모양. 쌀쌀. 살래살래.

쌍그렇다= 찬바람이 불 때에 베옷 같은 것을 입은 모양이 보기에 매우
쓸쓸하다.

쌍갈지다= 두 갈래로 갈라지다.

쌍그레= 소리 없이 귀엽게 눈웃음치는 모양. 상그레. 씽그레.

쌍글빵글= 쌍글거리면서 빵글거리는 모양. 상글방글.

쌍긋= 소리 없이 귀엽게 살짝 눈웃음치는 모양.

쌍동짝= 쌍둥이의 한쪽 사람.

쌍되다= 언행이 예의를 잃고 불순하여 천하게 보이다. 상되다.

쌍스럽다= 언행이 천하고 기품이 낮다. 상스럽다.

쌔무룩하다= 잔뜩 못마땅하게 여기어 말이 없이 뽀로통하다. 새무룩하

다.

째물거리다= 이 빠진 노인이 입 언저리를 연방 움직여 힘없이 웃다. 새물거리다. 째물째물.

쌜룩= 근육의 일부분이 또는 일부분을 갑자기 움직이는 모양.

쌜쭉= 어떤 감정을 나타내면서 입이나 눈이 쌜그러지게 움직이는 모양. 마음에 차지 않아서 매우 고까워하는 태도를 나타내는 모양.

쌩쌩하다= 원기가 왕성하다. 씽씽하다. 썩거나 축나지 아니하고 그대로 성하거나 생기가 있다. 생생하다.

써다= 조수가 빠지다. 괴었던 물이 새어서 줄다.

썰렁하다= 서늘한 바람이 불어 조금 춥다. 갑자기 놀라 가슴속에 찬바람이 도는 느낌이 있다. 설렁하다. 쌀랑하다.

썰썰= 긴 다리로 가볍게 기는 모양. 마음이 들떠서 연해 돌아다니는 모양. 썰레썰레. 그릇에 담긴 좀 많은 양의 물이 재게 끓거나 온돌방이 끓듯이 뜨끈뜨끈한 모양.

썰썰 기다= 무섭거나 두려워서 기를 펴지 못하고 마음대로 행동하지 못하다. 오금을 못 펴다. 설설 기다.

썽긋= 다정하게 얼핏 눈웃음치는 모양. 성긋. 쌍긋. 썽끗.

쏘삭거리다= 연해 들추고 뒤지며 쑤시다. 가만히 있는 사람을 연해 꾀이거나 추기거나하여 들썩이게 만들다. 쑤석거리다. 쏘삭쏘삭.

쏘개질= 있는 일 없는 일을 읽어서 몰래 일러바치어 방해하는 짓.

쏘삭질= 남을 꾀거나 부추기는 일. 쏘새기질.

쏙살거리다= 자질구레한 말로 쏙닥거리다. 속살거리다.

쏙소그레하다= 여러 개의 물건이 크지도 작지도 아니하고 거의 고르다. 속소그레하다. 쑥수그레하다.

쏠쏠하다= 품질, 정도, 수준 따위가 웬만하다. 쏠쏠한 것을 하나 골라

라. 제법 재미가 쏠쏠하겠네.

쑤석거리다= 연해 들추고 뒤지며 쑤시다. 종일 광속을 쑤석거리다. 가 만히 있는 사람을 추기거나 꾀어 충동시키다. 쏘삭거리다.

쑥국새= 쑤꾹새. 뻐꾸기.

쑥대강이= 짧은 머리털이 마구 흐트러져 어지럽게 된 대강이. 蓬頭. 쑥 대머리.

쓰렁쓰렁= 남이 모르게 비밀히 하는 모양. 일을 정성껏 아니하는 모양.

쓰렁쓰렁하다= 사귀던 정이 벌어져 서로의 사이가 쓸쓸하게 되다.

씀벅거리다= 눈꺼풀을 움직여서 연하여 눈을 감았다 떴다하다. 눈이나 살속이 자꾸 찌르는 듯이 시근시근하다. 쌈박거리다.

씌어대다= 영감이 통하다. 귀신의 시킴이 미치다.

씨그둥하다= 귀에 거슬려 달갑지 않다.

씨물거리다= 연방 입 언저리를 오물거리며 소리 없이 자꾸 웃다.

씨물쌔물= 몹시 입 언저리를 오물거리며 지껄이는 모양.

씨부렁거리다= 실없는 말을 주책없이 함부로 지껄이다. 씨불거리다.

씨알머리= 남을 욕할 때 그의 혈통을 비양거리며 일컫는 말.

씨알머리 없다= 존재도 없다시피 혈통이나 종자가 낮다. 빈천하기 이 를 데 없다.

씨암탉거름= 아기작거리며 가만가만 걷는 모양.

씨억씨억하다= 성질이 굳세고 활발하다.

씨지다= 대를 이을 씨가 하나도 없이 죄다 없어지다. 비유적으로 쓰며 전혀 없다. 집안에 돈이라고는 씨가 졌다.

씩둑씩둑= 이런 말 저런 말로 꼴사납게 지껄이다. 선소리를 씩둑씩둑 하는데...

씻은 듯 부신 듯= 아무것도 남지 않은 모양.

씽긋이= 은근한 태도로 지긋이 눈웃음치는 모양. 씽긋.

아갈잡이= 소리 지르지 못하게 입을 헝겊이나 솜 따위로 틀어막는 짓.

아귀= 물건의 갈라진 곳. 손아귀, 입아귀. 두루마기나 여자의 속옷의
옆을 터놓은 구멍. 씨의 싹이 트고 나오는 곳.

아귀가 무르다= 마음이 굳세지 못하고 남에게 잘 굽히다.

아귀가 세다= 마음이 굳세어서 남에게 잘 휘어들지 아니하다.

아귀다툼= 말다툼. 서로 헐뜯고 기를 쓰며 사납게 다투는 일.

아귀 맞다= 여럿이 어울려서 대중을 잡은 표준에 들어맞다.

아귀차다= 입안에 가득 차서 입아귀를 움직일 수 없을 정도이다. 아귀
가 매우 세다. 힘에 벅차다.

아귀힘= 손아귀에 잡고 쥐는 힘. 握力. 아귀힘이 세다.

아근바근= 짝 맞춘 자리가 벌어져서 움직이는 모양. 마음이 서로 맞지
아니하는 모양. 어근버근.

아기= 맑은 기운. 아담하고 교양이 있는 기풍. 풍류를 좋아하는 기질.
雅氣

아기뚱거리다= 키가 작은 사람이 몸을 좌우로 흔들면서 바라지게 걷
다. 아기뚱거리는 땅딸보 영감. 말이나 짓을 자꾸 거만스럽게 하다.
아기뚱대다. 어기뚱거리다.

아기작거리다= 음식 같은 것을 천천히 아귀아귀 씹다. 아기작대다.

아기자기= 여러 가지 어울리어 예쁜 모양. 잔재미 있고 오순도순한 모
양. 아기자기한 신혼생활.

아기족거리다= 다리를 마음대로 놀리지 못하고 약간 바라지게 억지로
겨우 걷다. 어기죽거리다.

아느작거리다= 부드럽고 길고 가느다란 나뭇가지나 풀잎 따위가 잇따
라 춤추듯 흔들리다. 아늑거리다.

아담= 조촐하고 산뜻함. 아담하게 꾸민 방. 雅淡

아담성= 아담스러운 귀인성.

아당= 남의 마음을 사로잡기 위하여 알랑거리고 아첨함. 또 그러한 무리. 아당하기 잘하는 사람. 간사하고 공정하지 못함. 아당한 사람. 阿黨

아둔하다= 영리하지 못하고 어리석다.

아드득거리다= 제 생각만 서로 고집하고 바득바득 우기며 다투다. 만나기만하면 아드등거리는 두 사람. 아드등아드등. 아등거리다.

아득바득= 몹시 고집을 부리거나 애를 쓰는 모양.

아들마늘= 마늘종 위에 열리는 작은 마늘.

아등바등= 몹시 악지스럽게 자주 애를 쓰거나 우겨대는 모양.

아뜩하다= 갑자기 머리가 팽 둘리어 까무러칠 듯하다. 정신이 아뜩해지다. 아찔하다.

아련하다= 정신이 희미하다. 아련한 기억을 더듬다. 흐리마리하게 아렴풋이 보이다. 아련히. 안개 속에 아련히 떠오르는 여인의 모습.

아렴풋하다= 기억이 똑똑하지 아니하다. 아렴풋한 옛날 생각. 잘 보이거나 들리지 아니하다. 아렴풋한 불빛. 멀리서 아렴풋하게 들려오는 포성. 잠이 깊이 들지 아니하다. 새벽녘에야 든 아렴풋한 풋잠.

아령칙하다= 기억이 또렷하지 아니하다. 아령칙해서 기연미연하다.

아로록다로록= 조금 성기고 연하게 여기저기 알록달록한 모양.

아로롱다로롱= 여기저기 드문드문 고르지 않게 아롱진 모양.

아로새기다= 재치 있고 공교하게 새기다. 마음속에 또렷하게 기억하여 두다. 마음에 아로새기다.

아롱이다롱이= 여러 가지 고르지 않게 아롱진 무늬나 그런 무의가 있는 물건.

아류= 무리. 둘째가는 사람이나 사물. 어떤 학설이나 주의의 뒤를 따르는 사람. 어떤 사람의 모방만 하고 독창성이 없는 사람. 亞流

아름거리다= 말이나 행동을 우물쭈물 똑똑하지 않게 하다. 일을 엉터리로 하여 눈을 속여 넘기다. 어름거리다. 아름아름.

아롱지다= 아롱아롱한 무늬가 있다. 알롱지다.

아리아리하다= 여러 가지가 모두 아리송하다. 잇따라 아닌 느낌이 나다. 입안이 아리아리하다.

아릿거리다= 정신이 희미하고 생기 없이 움직이다.

아마겟돈= 요한계시록에 있는 천군과 악마의 군이 만나 최후의 결전을 행할 싸움터.

아망을 떨다= 경망스럽게 아망을 부리다. 아망스러운 아이.

아비규환= 아비지옥의 고통을 못 참아 울부짖는 소리. 阿鼻叫喚. 심한 참상을 형용하는 말.

아수룩하다= 숫되고 후하다. 되바라지지 아니하고 어리석은 듯하다. 어수룩하다.

아스라하다= 흐릿하고 아득하다. 가마득하다. 아스란 옛날. 아스라이.

아스름 하다= 아슴푸레하다. 꿈은 있지만 잊어버린 옛날 꿈과 같은 아스라한 꿈이다.

아쓱= 갑자기 무섭거나 차가움을 느낄 때 몸이 움츠러지는 모양.

아슴푸레= 밝지도 어둡지도 않으면서 희미하게 흐린 모양. 기억이 잘 나지 않고 좀 흐리마리한 모양. 아슴푸레한 기억을 더듬다. 똑똑히 보이거나 들리지 않고 흐리며 희미한 모양. 아슴푸레 들려오는 종소리. 어슴푸레.

아양= 여자나 아이들이 귀염을 받으려고 알랑거리는 짓. 아양을 부리다.

아양스럽다= 아양을 부리는 태도가 있다. 교태가 있다. 아양스레.

아연= 맥없이 웃는 모양. 놀라 입을 벌리고 있는 모양. 다만 아연할 따름이었다. 啞然

아연실색= 뜻밖에 일에 너무 놀라서 얼굴빛이 변함. 啞然失色.

아예= 애초부터. 처음부터. 절대로.

아웅다웅= 조그마한 시빗거리로 서로 자꾸 다투는 모양.

아웅하다= 굴이나 구멍 등이 속이 비어 침침하다. 쑥 오므라져 들어가 있다. 어웅하다. 속이 좁은 사람이 뜻에 덜 찬 모양이 있다. 왜 또 아웅해 있느냐.

아장거리다= 어린아이나 키 작은 사람이 얌전히 걸어가다. 일 없는 태도로 거닐다. 아장걸음.

아장바장= 일 없이 이리저리 아장거리는 모양.

아질아질= 현기가 나서 자꾸 어지러워지는 모양. 아찔아찔.

아차아차하다= 몹시 위태로워서 아슬아슬한 느낌이 들다. 높다란 나뭇가지에 아차아차하게 매달려 있다.

아창거리다= 키 작은 사람이 활기 있는 태도로 걸어가다. 아장거리다. 아창아창. 아창대다.

아치고절= 아담한 풍채나 높은 절개. 雅致高節

아치랑거리다= 거칠게 아슬랑거리다. 아칠거리다. 아치랑아치랑 걸어가다. 아치장거리다= 키가 작은 사람이 기운이 빠져 느리게 걷다.

아침결= 아침 기운이 사라지기 전. 낮이 되기 전.

아침곁두리= 아침과 점심 사이에 먹는 곁두리.

아칫거리다= 어린아이들이 이리저리 위태롭게 걸음을 떼어놓다. 아칫대다.

아퀴= 어수선한 일의 갈피를 잡아 마무르는 끝매듭. 아퀴를 짓다. 일을 끝마무리하다. 일의 가부를 결정하다.

아호= 문인 학자 화가 등이 본명 외에 가지는 풍아한 호. 雅號

아회= 풍아한 마음. 아취가 있는 懷抱. 雅懷

악다구니= 서로 욕하며 성내어 싸우는 짓. 버티고 겨룸.

악머구리= 참개구리를 잘 우는 개구리라는 뜻으로 일컫는 말. 머구리. 알아들을 수 없이 소란하게 떠듦의 비유. 악마구리는 잘못된 말.

악바리= 성미가 깔깔하고 고집이 세며 모진사람의 별명. 지나치게 똑똑하고 영악한 사람.

악악거리다= 불만이나 화가 나서 연해 소리치다.

악연실색= 깜짝 놀라 얼굴빛이 달라짐.

안달= 조급하게 걱정하면서 속을 태우는 짓. 안달이 나서 견디지 못한다.

안달뱅이= 걸핏하면 안달하는 사람. 소견머리 좁고 인색한 사람. 안달이.

안달복달하다= 매우 안달하다. 애가 타서 안달복달 하다.

안쓰럽다= 자기보다 약하거나 못한 사람에게 도움을 받거나 폐를 끼쳤을때 또는 그런 사람이 힘에 겨운 일을 할 때 미안하고 딱하다.

안절부절못하다= 마음이 초조하고 불안하여 어쩔 줄을 모르고 앉았다 일어섰다 하다.

안차다= 겁이 없고 깜찍하다. 안찬 계집아이.

안차고 다라지다= 성질이 겁이 없이 깜찍하고 당돌하다.

안 차비= 그 절에 살면서 그 절의 재에 범패를 부르는 법주. <바깥차비>

안 차비 소리= 안 차비가 부르는 범패. <바깥차비소리>

안추르다= 고통을 꾹 참고 억누르다. 분노를 눌러서 가라앉히다.

알거지= 무일푼이 되어 거지꼴인 사람.

알건달= 알짜 건달. 乾達

알겨내다= 소소한 남의 것을 좀스러운 언행으로 꾀어서 **빼앗아내다**. 돈을 알겨내다. 알겨먹다.

알겯다= 암탉이 발정한 때 알을 배기위하여 수탉을 부르느라고 골골 소리를 내다.

알근달근하다= 맛이 조금 맵고도 달다. 얼근덜근하다.

알근하다= 술이 취하여 정신이 조금 몽롱하다. 술이 알근하게 취하다. 맛이 매워 입안이 조금 알알하다. 알근한 찌개. 알큰하다.

알깍쟁이= 성질이 몹시 모진 사람을 두고 하는 말. 아이 깍쟁이. 또 어려서부터 깍쟁이가 된 사람.

알라꿍달랑꿍= 어수선하게 몹시 알락달락한 모양. 보기 흉한 무늬가 알라꿍달라꿍 박혀있다.

알랑뚱땅= 엉너리를 부리며 얼김에 남을 속여 넘기는 모양. 얼렁뚱땅.

알랑수= 알랑뚱땅하여 교묘히 남을 속이는 수단. 그런 알랑수엔 안속아. 알량하다= 보잘것없다. 품성과 인격이 천하다. 알량한 사내.

알력= 수레바퀴의 삐걱거림. 서로 의견이 맞지 않아 사이가 좋지 않고 자주 충돌함. 불화. 두 사람 사이에는 알력이 있었다. 軋轢

알밋알밋= 아름거리며 미적미적하는 모양. 자기의 허물을 남에게 넘기려고 하는 모양. 얼밋얼밋.

알심= 은근히 동정하는 마음. 말을 쏘아 붙이면서도 자리는 알심 있게 깔아주는 아내를... 보기보다 야무진 힘.

알섬= 사람이 살지 않는 작은 섬.

알싸하다= 매운 맛이나 연기 같은 냄새 등으로 혀나 콧속이 알알하다.

알송달송= 여러 가지 엷은 빛깔로 된 줄이나 점이 고르지 않게 함부로 무늬를 이룬 모양. 알쏭달쏭한 천. 생각이 자꾸 헛갈리어 분간할 수 있을 듯하면서도 얼른 분간이 안 되는 모양. 기억이 알쏭달쏭하다.

알씬거리다= 눈앞에서 떠나지 않고 뱅뱅 돌다. 알랑거리다. 얼씬거리다. 알씬알씬.

알아방이다= 무슨 일의 낌새를 알고 미리 대처하다.

알음알이= 꾀바른 수단. 서로 가까이 아는 사람. 자라나는 지혜.

알짝지근하다= 살이 알알하게 아프다. 술이 알맞게 취하다. 음식 맛이 조금 맵다. 살붙이의 관계나 알음알음이 있어 좀 인연이 있는 듯하다. 얼쩍지근하다.

알짬= 여럿 중에서 핵심이 될 만한 가장 요긴한 내용. 알짜.

알짱거리다= 알랑거리며 남을 속이다. 하는 일 없이 자꾸 돌아다니다. 얼쩡거리다. 알짱알짱.

알쫑거리다= 여러 말로 자꾸 알짱거리다.

알찐거리다= 바싹 붙어서 아첨 하듯 굴다. 얼찐거리다.

암구다= 교미를 붙이다. 흘레를 붙이다. 암내 내는 되지를 암구다.

암띠다= 비밀을 좋아하는 성질이 있다. 숫저워 부끄러움을 잘 타는 성질이 있다. 남자가 어찌 그리 암띠냐.

암무지개= 쌍무지개가 섰을 때에 그 중 빛이 엷고 흐릿한 무지개. <수무지개>

암범 같다= 여자가 몸집은 작아도 억세고 꿋꿋하다.

암살= 아프거나 어려움을 거짓 꾸미거나 실제보다 보태어 나타내는 태도. 암살을 부리다. 엄살.

암암하다= 잊혀 지지 아니하고 가물가물 보이는 듯하다. 눈에 암암하다.

암상= 남을 미워하고 샘을 잘 내는 잔망스러운 심술. 전주집의 암상이 머리 끝까지… 암상을 떨다. 암상을 피우다. 암상궂다.

암팡지다= 몸은 작아도 힘차고 담이 크다. 여무지고 다부지다.

앙가발이= 다리가 짧고 굽은 사람. 잘 달라붙는 사람. 다리가 짧고 밖으로 구부러진 소반. 주로 주안상.

앙가슴= 두 젖 사이의 가슴. 앙가슴을 풀어 헤치다.

앙가조촘= 아주 앉도 서도 아니하고 몸을 반 쯤 굽히고 있는 모양. 앙가조촘 쪼그리고 앉았다. 가부를 딱 결정 짓지 못하고 망설이는 모양. 앙가조촘 결정을 못 내리다. 엉거주춤.

앙감질= 한 발을 들고 한 발로만 뛰어가는 짓.

앙갚음= 남이 저에게 해를 주었을 때 저도 그에게 해를 주는 행동. 보복.

앙곡= 끝이 번쩍 들린 추녀. 昻曲

앙그러지다= 하는 짓이 아울리고 째이다. 모양이 보기 좋다. 음식이 먹음직하다. 소담스럽고 앙그러지다.

앙글거리다= 어린아이가 소리 없이 연해 귀엽게 웃다. 무엇을 속이면서 연해 꾸며서 웃다. 엉글거리다. 앙글앙글.

앙글방글= 앙글거리면서 방글방글 웃는 모양. 엉글벙글.

앙금쌀쌀= 처음에는 굼뜨게 기다가 재빠르게 가는 모양.

앙달머리= 어른 아닌 사람이 어른인 체 하면서 야심을 부리는 짓.

앙달 방달= 안달복달. 내가 왜 앙달방달 발버둥 칠까?

앙당그리다= 춥거나 겁이 나서 근육을 조금 움츠리다.

앙바틈하다= 짤막하고 딱 바라지다. 앙바틈한 다리를 아기작아기작 놀리다. 엉버틈하다.

앙버티다= 끝까지 고집하다. 끝까지 앙버티다.

앙살= 엄살을 부리며 반항함. 앙살부리다. 앙살을 피우다.

앙상하다= 꼭 깨이지 않아 아울리지 않다. 뼈만 남도록 바짝 마르다. 뼈만 앙상한 환자.

앙색= 아아하면서 반항하는 짓. 자빠진 강아지 앙색 하듯 한다.

앙세다= 몸은 약해 보여도 다부지다.

앙알거리다= 윗사람에게 원망하는 뜻으로 종알거리다. 시어머니에게 앙앙거리다. 앙알앙알.

앙증맞다= 얄밉게 앙증하다. 앙징하다.

앙증하다= 모양이 제격에 어울리지 않게 작고 깜찍하다. 앙증스럽다.

앙짜= 앳되게 점잔을 빼는 짓. 성질이 깐작깐작하고 앙상스러운 사람.

앙칼지다= 제 힘에 겨운 일에 악을 쓰고 덤비는 태도가 있다. 앙칼진 목소리.

앙큼하다= 엉뚱한 욕심을 품고 제 분수에 넘치는 짓을 하고자 하는 태도가 있다. 앙큼한 사람. 엉큼하다.

앙탈= 시키는 말을 듣지 아니하고 꾀를 부림. 마땅히 해야 할 것을 핑계를 대어 피함. 앙탈을 부리다. 매우 앙탈하다.

앙하다= 속으로 성이 난 기색이 있다. 화가 났는지 앙해 있다.

앙화= 죄의 앙갚음으로 받는 재앙. 殃禍

앞가림= 겨우 무식함을 면하고 제 앞이나 가리어 갈만 함. 겨우 앞가림할 정도다.

앞바람= 마파람. 朔風

앞짧은 소리= 장래성이 볼 것 없거나 장래의 불행을 뜻하게 된 말 마디. 앞으로 하지 못할 일을 하겠다고 미리 하는 말.

앞차다= 앞이 굳고 든든하여 믿음성이 있다.

앞찬 소리= 입찬소리.

애꿎다= 죄 없이 횡액에 걸리다. 그런 변을 당하다니 정말 애꿎은…

애끓다= 너무 걱정이 되어 속이 끓는 듯하다. 애타다.

애달다= 마음이 쓰이어 속이 달치는 듯하게 되다.

애달프다= 애가 달칠 정도로 마음이 아프다. 애달픈 사랑. 애달피 우는 짝 잃은 새.

애동대동하다= 매우 젊다.

애먼 나이= 생일이 연말 가까이여서 애매하게 한 살을 먹은 나이.

애먼= 엉뚱하게 딴. 애매하게 딴. 애먼 사람 잡겠네.

애면글면= 약한 힘으로 무엇을 이루느라고 온갖 힘을 다하는 모양. 애면 글면.

애솔밭= 어린 솔이 가득히 들어 선 땅.

애송이= 애티가 있어 어려 보이는 사람이나 물건. 아직 애송이라서. (애숭이는 잘못된 말)

애오라지= 마음에 부족하나마 겨우. 넉넉지는 못하나마 좀. 영전이나 작별하게 되니 애오라지 섭섭하다. 오로지의 예스러운 말.

애절하다= 애가 타도록 견디기 어렵다. 애절히.

애젊다= 앳되게 젊다. 아주 젊다.

애틋하다= 애가 타는 듯하다. 애틋한 사랑을 느끼다. 좀 아깝고 서운한 느낌이 있다.

애처롭다= 불쌍한 것을 보고 마음이 슬프다. 딱하고 가엾다.

앰하다= 애매하다. 앰한 사람 욕 먹이지마라.

앳되다= 애티가 있어 아주 어려보이다. 나이 보다 앳되어 보이다.

앵돌아지다= 마음이 토라지다. 틀려서 획 돌아가다.

야거리= 돛대가 하나 달린 작은 배.

야금거리다= 무엇을 입안에 넣고 찬찬히 깨물다. 연해 조금씩 조금 씩 먹어 들어가다. 야금야금.

야기죽거리다= 허튼 소리를 찬찬히 얄밉게 재깔이다. 야죽거리다.

야당스럽다= 매몰차고 사막스럽다. 약 바르고 매몰스럽다.

야드르르= 반들반들 윤기가 돌고 보드라운 모양. 야드를.

야로= 농촌에 사는 노인. 野老

야로= 생트집을 하고 함부로 떠들어대는 짓. 야로를 부리다.

야리다= 물건이 보드랍고 약하다. 야린 새순. 소리나 빛깔 따위가 매우 약하다. 야린 새순. 마음이 매우 약하고 무르다. 야린 마음에 더럭 겁부터 났다. 표준보다 좀 부족하다. 여리다.

야멸치다= 살차서 남의 사정을 돌보지 아니하고 제 일만 생각하는 태도가 있다. 야멸치게 뿌리치다.

야무지다= 모질고 야물다. 솜씨가 야무지다. 똑똑하고 오달지다.

야물거리다= 이가 나지 아니한 어린 아이나 귀여운 짐승 새끼가 무엇을 먹느라고 입을 야금야금 놀리다. 야물야물.

야살= 말씨나 하는 짓이 얄망궂고 되바라진 태도. 얄개.

야살스럽다= 얄망궂고 잔재미가 있다. 야살스레.

야설= 밤에 내리는 눈. 夜雪

야속= 박정하고 쌀쌀함. 섭섭하여 언짢음. 야속하게 여기다. 野俗

야스락거리다= 입담이 있게 계속하여 말을 늘어놓다. 야슬거리다.

야스럽다= 보매 야한 데가 있다. 옷 빛깔이 야스럽다. 말씨가 야스럽다.

야욕= 분에 넘치는 욕망. 야욕을 채우다. 야비한 정욕. 野慾

야울야울= 불이 순하게 타는 모양. 여울여울.

야음= 들에서 시를 읊조림. 자기가 읊은 시의 겸칭. 야음하다. 野吟

야젓하다= 태도나 됨됨이가 옹졸하거나 좀스럽지 아니하여 점잖고 무게가 있다. 의젓하다.

야죽거리다= 야기죽거리다.

야지랑스럽다= 얄밉도록 능청맞으면서도 천연스럽다.

야지러지다= 한편 쪽으로 줄어지다. 한 귀퉁이가 떨어지다. 이지러지다.

야취= 전야와 시골에서 풍기는 자연의 취향. 자연스럽고 소박한 느낌. 촌스러운 맛. 野情. 그에게서 물씬 풍기는 野趣.

야하다= 천하게 요염하다. 야하게 차려입다. 깊숙하지 못하고 되바라지다. 야한 행동. 冶하다.

야하다= 품위가 없어 상스럽다. 촌스럽고 야한 말씨. 박정할 만큼 이끗에만 밝다.

야합= 부부 아닌 남녀가 서로 정을 통함. 사통. 좋지 못한 목적 밑에 서로 어울림. 불순세력과 야합해서 음모를 꾸미다. 野合

야호= 등산하는 사람이 서로 부르는 소리. 신이 나서 외치는 환호.

얀정머리= 인정머리를 얕잡아 쓰는 말.

얀정 없다= 남을 동정하는 마음이 조금도 없다.

얄개= 야살스러운 짓을 하는 사람.

얄궂다= 성질이 괴상하다. 얄궂은 사람. 이상야릇하고 짓궂다. 얄궂은 질문. 얄망궂다. 얄궂은 운명.

얄랑거리다= 물에 뜬 작은 물건이 물결을 따라 이리저리 자꾸만 움직이다. 일렁거리다.

얄망궂다= 괴이쩍고 요망하여 까다롭다. 얄궂다.

얄밉다= 언행이 다랍게 밉다.

얄쭉거리다= 허리를 이리저리 빠르게 내어 흔들다. 얄쭉얄쭉.

양광스럽다= 호강이 분수에 넘치다.

양생= 몸과 마음을 건강하게 해서 오래 살기를 꾀함. 攝生. 攝養. 병의

조리를 함. 保養.

어귀= 드나드는 목의 첫머리. 마을 어귀.

어귀어귀= 입에 음식을 많이 넣고 마구 씹는 모양. 아귀아귀.

어근버근= 사개가 꼭 맞지 않아 흔들리는 모양. 사람들의 마음이 화합
하지 아니한 모양. 아근바근.

어글어글= 얼굴의 각 구멍새가 널찍한 모양. 어글어글한 큰 눈은 횃불
을 켠 듯 굉장한 광채를 발하고 있었다. 서글서글.

어긋버긋= 여럿이 고르지 못하여 서로 어그러진 모양.

어기대다= 반항하는 언행으로 순종하지 아니하다. 빗나가다.

어기뚱거리다= 키가 큰 사람이 연하여 몸을 좌우로 흔들며 바라지게
걷다. 아기뚱거리다.

어기뚱하다= 남보다 담차고 교만한 데가 있다. 아기뚱하다.

어기적거리다= 다리를 부자유스럽게 움직이어 억지로 천천히 걷다. 어
깃거리다. 아기작거리다.

어기차다= 성질이 매우 굳세다. 어기찬 여자.

어녹이치다= 여기저기서 두루 얼다가 녹다가 하다.

어두커니= 새벽 어둑어둑할 때에.

어둑발= 땅거미. 어둑발이 내려서야 선창으로...

어득하다= 거물거물할 정도로 매우 멀다. 어둑한 지평선을 바라보고
걷다. 소리가 들릴 듯 말 듯 멀다. 부르는 소리가 어득하게 들려왔
다. 까마득하게 오래다. 어득한 옛 기억. 너무 멀어서 정신이 어찔
어찔하다. 아득하다.

어뜩하다= 갑자기 몹시 어지럽다. 갑자기 내둘리는 것처럼 현기가 **나**
다. **어런더런**= 여러 사람이 시끄럽게 왔다 갔다 하는 모양.

어레미= 바닥의 구멍이 굵은 체.

어레미논= 물이 고여 있지 못하고 곧장 흘러 내려가 버리는 경사 진 곳의 논.

어련하다= 확실하지 아니하고 흐릿하다 의 뜻. 반드시 의문형으로 써서 반대로 확실함을 강력히 시인하는 말. 자네 생각이 어련하겠나.

어렴성= 남을 어려워하는 기색.

어렴풋하다= 기억이 똑똑하지 아니하다. 잘 보이거나 잘 들리지 아니하다. 잠이 깊이 들지 아니하다. 아렴풋하다.

어렵사리= 매우 어렵게.

어루더듬다= 손으로 어루만져 더듬다.

어룽더룽= 엷은 점이나 줄이 불규칙하고 총총하게 무늬를 이룬 모양.

얼러 키운 후레자식= 행동이 교만하고 행지가 방탕한 자를 두고 하는 말.

어리= 병아리 등을 가두어 기르기 위하여 덮어 놓는 싸리나 가는 나무로 엮은 둥글게 만든 물건.

어리눅다= 짐짓 못생긴 체 하다.

어리다= 눈에 눈물이 괴다. 눈물이 어리다. 엉기어 괴다. 피가 어리다. 정성어린 선물. 혼란한 빛을 볼 때 눈이 어른어른 하여지다.

어리마리= 잠이 든 둥 만 둥한 모양.

어리바리하다= 정신이 흐릿하거나 몸에서 힘이 쑥 빠져 몸을 제대로 놀리지 못하다. 약 먹은 쥐처럼 어리바리하다.

어리비치다= 어리어 비치다.

어물다= 사람의 성질이 여무지지 못하다.

어석소= 중소가 될 만큼 자란 송아지. 어스럭송아지. 어석송아지.

어스름= 저녁이나 새벽의 어스레한 빛. 또 그 때.

어슴새벽= 어스레한 새벽.

어슴푸레= 아주 밝지도 아니하고 어둡지도 아니하고 희미하게 흐린 모양. 창문으로 어슴푸레 여명이 비쳐왔다. 기억이 매우 희미한 모양. 분명히 보이거나 들리지 않고 희미한 모양.

어슬어슬= 날이 어두워지거나 밝아지는 모양. 추워지는 모양. 으슬으슬. 오슬오슬.

어연번듯하다= 남에게 드러내 보이기에 번듯하고 떳떳하다.

어우렁더우렁= 여러 사람들과 어울러서 정신없이 지내는 모양.

어우르다= 여럿이 모여 조화를 이루게 하다. 여럿이 모여 한 덩어리나 한판이 되게 하다. 아우르다. 어르다.

어웅하다= 굴이나 구멍 등이 속이 비어서 침침하다. 큰 구멍이 뚫려 속이 어웅하다.

어이새끼= 짐승의 어미와 새끼.

어줍다= 언어 동작이 부자유하고 시원스럽지 않다. 손에 익지 아니하여 서투르다. 손 발 허리 등이 저리어서 제대로 놀지 않다.

어중이= 어중되어 쓸모가 없는 사람.

어지빠르다= 정도가 넘고 처져서 어느 쪽에도 맞지 아니하다. 엊빠르다.

어지자지= 남녀 또는 자웅의 생식기를 겸하여 가진 사람이나 동물. 睾女. 남녀추니.

어진혼= 착하고 어진 사람이 죽은 영혼.

어쭙지않다= 분에 넘치는 언동을 하므로 비웃을 만하다. 어쭙지 않는 소리 말구 얼른 나서라. 어쭙잖다.

어치렁거리다= 힘없이 홰홰 저으며 되는 대로 걸어가다. 어치장거리다. 어칠거리다. 어치렁어치렁.

어칠비칠= 어칠거리고 비칠거리는 모양.

억수장마= 여러 날 계속하여 억수로 내리는 장마.

억장= 가슴. 복장.

억장이 무너지다= 몹시 분하거나 슬픈 일이 있어 가슴이 무너지는 듯하다.

억짓손= 무리하게 억지로 해내는 솜씨. 악짓손.

억척= 모질고 끈덕진 태도. 억척으로. 억척 많이. 억척이 삼촌보다 낫다.

억척같이= 아주 끈기 있고 모질다. 억척같은 여자. 악착같다.

억하심정= 대체 무슨 생각으로 그리 하는지 그 마음을 헤아릴 수 없다는 말. 억하심장. 抑何心情

언감생심= 감히 그런 마음을 품을 수도 없음. 안감생심.

언감히= 어찌 감히.

언뜻= 잠깐. 별안간. 언뜻 귓결에 듣다. 잠깐 나타나는 모양.

언비천리= 말이 빠르고도 멀리 퍼진다는 뜻. 言飛千里

언죽번죽= 조금도 수집 거나 부끄러워하는 기색이 없고 비위가 좋은 모양. 언죽번죽 떠들어대는...

언덕거리= 사단을 만들 거리. 또는 남에게 말썽을 부릴만한 핑계.

언틀먼틀= 바닥이 들쭉날쭉하여 요철이 심한 모양. 울퉁불퉁.

얼근덜근= 술이 반쯤 취하여 건들거리는 모양. 얼근덜근 취하다.

얼기설기= 실같이 연하고 가는 것이 이리저리 얽힌 모양. 실이 얼기설기 얽히다. 알기살기.

얼넘기다= 일을 얼버무려져 넘어가다. 일을 얼버무려 넘기다.

얼녹이다= 얼렸다가 녹였다 하다. 어녹이다.

얼더듬다= 이말 저말 뒤섞어서 모호하게 말하다, 얼버무리다.

얼떨하다= 복잡하고 바빠서 정신을 가다듬지 못하다. 머리를 부딪쳐

골이 울리고 아프다.

얼뜨다= 다부지지 못하고 겁이 많아 얼빠진 데가 있다.

얼락녹을락= 얼듯 말듯. 얼었다 녹았다 하는 모양. 남을 다잡았다 늦추었다 하며 놀리는 모양.

얼러붙다= 둘이 어우러져 서로 붙다. 얼러붙어 싸우다.

얼렁뚱땅= 엉너리를 부리어 남을 교묘히 속이는 모양. 엄벙떵.

얼맞다= 정도에 넘치거나 모자라지 아니하다. 알맞다.

얼보이다= 바로 보이지 아니하다. 분명하게 보이지 아니하다.

얼비치다= 광선이 눈에 반사되게 비치다.

얼빠지다= 정신이 없어지다. 정신이 혼란해 지다.

얼싸 둥둥= 흥겨워 아기를 어르는 소리. 남의 운에 끌려서 멋모르고 행동하는 모양.

얼싸안다= 두 팔을 벌리어 껴안다.

얼싸절싸= 흥겨워서 뛰노는 모양. 중간에서 양편이 해롭지 아니 하도록 주선하는 모양.

얼씬= 어떤 것이 눈앞에 잠깐 나타나는 모양. 알씬.

얼찡거리다= 아무 일도 없으면서 자꾸 돌아다니다. 알짱거리다.

얼찐거리다= 앞에서 가까이 돌며 몹시 아첨하는 태도를 보이다. 알찐거리다.

얼치기= 이것도 저것도 아닌 중간 치기. 탐탁하지 아니한 사람. 이것저것이 조금씩 섞인 것.

얼키설키= 이리저리 얽힌 모양.

엄벙덤벙= 주견 없이 함부로 덤비는 모양.

엇비치다= 빛 따위가 비스듬하게 비치다.

엉거주춤= 앉지도 서지도 아니하고 몸을 굽히고 있는 모양. 가부를 가리지 못하고 망설이는 모양. 앙가조촘.

엉구다= 여러 가지를 모아 일이 되도록 하다. 일을 엉구자면 사람이 더 필요하다.

엉그름= 차지게 갠 흙바닥이 말라 터져서 넓게 벌어진 금. 논바닥에 엉그름이 간다.

엉겁결에= 뜻하지 아니한 겨를에. 무서워서 엉겁결에 소리를 질렀다.

엉너리= 남의 환심을 사기위하여 어벌쩡하게 서두르는 짓.

엉너리치다= 능청스러운 수단으로 남의 환심을 사다.

엉너릿손= 엉너리로 사람을 후리는 솜씨.

엉두덜거리다= 원망이나 불만이 있어 중얼중얼 하다. 엉두덜엉두덜.

엉머구리= 개구리의 한 종류. 몸이 큰데 누런빛이며 등에 검누른 점이 있음. 아이들이 엉머구리 끓듯 하다.

엉 버름하다= 커다랗게 떡 벌어져 있다. 앙 바름하다.

엉얼거리다= 원망하는 뜻으로 중얼거리다. 앙알거리다. 응얼거리다.

에돌다= 선 듯 나아가서 서두르지 않고 피하여 그 근처에서 돌다. 그 놈은 일이라면 에돌기만 해.

에부수수= 깔끔하게 정돈 되거나 갈무리 되지 않아 엄부렁하고 어수선한 모양. 속에 알이 꽉 차지 않고 서부렁서부렁한 모양. 바람에 날리어서 머리가 에푸수수하다. 속이 꽉 차지 않고 성긴 모양.

엉큼하다= 엉뚱한 속셈을 품고 도에 넘치는 일을 할 경향이 있다.

여느= 보통의. 예사로운. 여느 때처럼. 그 밖의 다른. 여느 것을 주오.

여름털= 겨울철과 여름철에 깃이나 털의 빛깔을 달리하는 새나 짐승의 여름에 나는 털. 夏毛. 사슴의 털이 仲夏 이후에 누른색이 되어 흰 반점이 선명하게 나타날 즈음의 털. 붓과 모피 등으로 사용됨.

여리꾼= 상점 앞에 섰다가 손님을 끌어 물건을 사게 하고 상점 주인으로 부터 수수료를 받는 사람. 關入軍.

여리다= 물건이 부드럽고 약하다. 여린 줄기. 소리나 빛깔 따위가 약하거나 덜하다. 여린 박. 의지나 감정 따위가 약하고 무르다. 마음이 여린 소녀. 표준보다 조금 모자라다. 여린 십리길. 야리다.

여무지다= 모질고 여물다. 영악하고 오달지다. 여물게 하다. 야무지다.

여봐란듯이= 남의 수모를 받아오다가 그 것을 활짝 벗어나게 된 때에 이것 좀 보아라하는 뜻으로 자랑함을 이르는 말. 갖출 것 다 갖추고 여봐란 듯이 산다.

여북= 오죽. 응당. 얼마나. 작히나. 오죽이나 의 뜻으로 의문문 위에 쓰이어 반어 구실을 하는 말. 여북 분하랴. 여북하면 굶을까. 오죽.

여우볕= 비나 눈이 오는 날에 잠깐 낫다가 숨어버리는 볕. 天笑. 여우볕에 콩 볶아먹는다. 잠깐 난 햇볕에 콩을 볶는다 함이니 매우 민첩함을 이르는 말.

여우비= 볕이 나있는 날 잠깐 오다가 그치는 비.

여우꼬리= 강이 沼로 흘러들어가는 마지막 지대.

여윈잠= 충분하지 못한 잠. 흠뻑 자지 못한 잠.

역마살= 늘 분주하게 여행을 하고 다니도록 된 액운. 驛馬煞이 끼다.

역성= 옳고 그름에는 관계없이 한쪽만 편들어주는 일.

연리지= 한 나무의 가지가 다른 남무의 가지와 맞닿아서 결이 서로 통한 것. 화목한 부부 또는 남녀의 사이를 이르는 말. 連理枝

연하고질= 깊이 산수의 경치를 사랑하고 집착하여 여행을 즐기는 고질 같은 性癖. 煙霞之癖. 煙霞痼疾.

연하요양= 환자가 도시를 떠나서 맑고 경치가 아름다운 곳에 가서 요양하는 일. 煙霞療養.

열불= 흥분되어 속에서 치밀어 오르는 뜨거운 분기. 속에서 열불이 나다.

열중이= 겨우 날기 시작한 어린 새 새끼. 작고 겁약한 사람.

염불= 여자의 음문 밖으로 자궁이 병적으로 비어져 나온 것. 염불이 빠지다. <미주알은 똥구멍의 끝 부분임>

염치= 청렴하고 깨끗하여 부끄러움을 아는 마음. 염치를 차리다.

엿 살피다= 다른 사람이 모르게 가만히 살피다.

영각= 암소를 찾는 황소의 우는 소리. 영각을 켜다. 영각한다. 최가는 눈을 허공에 달고 황소 영각 켜듯 소리 질렀다.

영문= 까닭. 형편. 어찌된 영문인지 알 수 없다.

예제없다= 여기나 저기나 구별이 없다.

오도깝스럽다= 경망하여 나덤비는 태도가 있다. 오도깝스러워 남의 말을 가만히 앉아서 못 듣는다.

오도카니= 무슨 걱정이나 생각하는 바가 있어 맥없이 서 있거나 앉아 있는 모양. 우두커니.

오동지= 음력 5월과 동짓달. 동짓달에 눈 오는 양에 비하여 다음 해 5월에 비가 많이 오거니 적게 온다 하여 상대적으로 이르는 말. 五冬至

오달지다= 올차고 여무져 실속 있다. 올지다. 오지다. 오돌 지다.

오동보동= 오동통하고 보동보동한 모양. 오동보동한 예쁜 손.

오동포동= 오동통하고 포동포동한 모양. 오동포동 탐스러운 아기.

오두방정= 매우 방정맞게 날뛰는 짓.

오롯이= 고요하고 쓸쓸하게. 호젓하게.

오롯하다= 모자람이 없이 완전하다.

오롱조롱= 몸피가 작은 여럿이 모양과 굵기가 다 각기 다른 모양. 오롱조롱 딸린 아이들. 메줏덩이가 오롱조롱 매달려 있다.

오르르＝ 조그만 아이나 동물들이 한 번에 내닫거나 쫓아오는 모양. 삽
    사리가 오르르 내달려오고 있다.

오르르＝ 갑자기 추워서 몸을 웅크리고 떠는 모양. 오르르 떨고 있다.

오만가지＝ 너저분하게 많은 여러 가지. 오만가지 물건을 다 사들인다.

오매불망＝ 자나 깨나 잊지 못함. 오매불망 그리워하다. 寤寐不忘

오붓하다＝ 허실이 없이 필요한 것만 있다. 우리끼리 오붓하게. 살림이
    포실하다. 오붓한 살림.

오보록하다＝ 많은 풀이나 나무 따위가 한데 뭉쳐 다보록하다. 오복하
    다.

오사리잡놈＝ 온갖 지저분한 짓을 거침없이 하는 심한 잡놈. 오색잡놈.
    여러 종류의 불량한 잡배들. 오합 잡놈.

오사바사하다＝ 마음이 부드럽고 사근사근하여 잔재미는 있으되 요리
    조리 변하기 쉽다.

오솔하다＝ 사위가 괴괴하여 무서울 만큼 호젓하다.

오슬오슬＝ 소름이 끼칠 듯이 몸이 움츠러지면서 추워지는 모양. 오삭
    오삭 오슬오슬 추워지다. 으슬으슬. 오실오실.

오싹오싹＝ 매우 무섭거나 추워서 몸이 연해 움츠러드는 모양. 소름이
    오싹오싹 끼친다.

오스스＝ 차고 싫은 기운이 일어나는 모양. 아스스. 으스스.

오졸거리다＝ 몸피가 작은 것이 율동적으로 멋있게 움직이다. 오쫄거리
    다. 우줄거리다.

오종종하다＝ 잘고 둥근 물건이 빽빽하게 놓여있다. 얼굴이 작고 옹졸
    스럽다.

오죽잖다＝ 보통 정도도 못되다. 사람이 덩둘하여 오죽잖은 꾀에 넘어
    간다

오지랖= 웃옷이나 윗도리에 입은 겉옷의 앞자락.

오지랖이 넓다= 주제넘어서 아무 일에나 참견하다.

오쫄거리다= 몸피가 작은 것이 율동적으로 멋있게 움직이다. 오졸거리다. 우쭐거리다. 오쫄대다.

옥골= 옥과 같이 희고 깨끗한 골격. 살빛이 희고 고결한 사람. 매화의 별명. 玉骨

옥골선풍= 살빛이 희고 고결하여 신선과 같은 풍채.

올근볼근= 서로 으르대며 맞서서 지내는 모양. 앞뒷집에서 올근볼근 시비가 많다. 울근불근.

올곧다= 마음이 바르고 곧다. 줄이 반듯하다.

올되다= 나이보다 일찍 지각이 나다. 일찍 되다. 올된 벼. 오되다.

올망졸망= 귀엽게 생긴 작고 또렷한 여러 덩어리가 고르지 않게 벌려 있는 모양. 아이들이 올망졸망 모여 있다.

올목졸목= 크고 작은 덩어리가 여러 개 고르지 않고 빽빽하게 벌이어 있는 모양.

올무= 새나 짐승을 잡는 올가미.

올서리= 예년에 비하여 이르게 오는 서리.

올지다= 오달지다.

올차다= 야무지고 기운차다. 올차게 생기다. 곡식의 알이 일찍 들다.

옭다= 칭칭 잡아매다. 올가미를 씌우다. 얽다.

옴= 젖먹이를 가진 어머니의 젖꼭지의 가장자리 젖꽃판에 오톨도톨하게 좁쌀알 모양으로 돋은 것. 옴쌀.

옴씰하다= 갑자기 놀라서 몸을 움츠리다. 갑자기 무서운 경우를 당하여 기운이 꽉 질리다. 움씰하다.

옴츠리다= 몸을 작아지게 하다. 놀라서 몸을 뒤로 물리다. 움츠리다.

옴칫= 놀라서 갑자기 몸을 가볍게 움직거리다. 움칫거리다.

옴큼= 손으로 한줌 움켜쥔 분량의 단위. 한 옴큼 쥐다. 움큼.

옹골지다= 실속 있게 꽉 차다. 옹골지게 익은 보리.

옹골차다= 견실하고 충만하다. 다부지다. 몸매가 옹골차다. 옹차다.

옹달= 명사 앞에 붙어서 작고 오목한 뜻을 나타내는 말. 옹달샘. 옹달시루. 옹시루. 옹달솥

옹달우물= 앉아서 바가지로 퍼낼 수 있는 작고 오목한 우물.

옹당이= 늪 보다는 작게 옴폭 패어 물이 괸 곳. 웅덩이. 옹당이지다.

옹두라지= 나무에 난 작은 옹두리. 옹도라지.

옹두리= 나무의 가지가 병이 들거나 벌레가 파서 결이 맺히어 볼퉁하여진 혹. 木瘤. 옹이. 옹도라지.

옹두리뼈= 짐승의 정강이에 불퉁하게 나온 뼈.

옹알거리다= 아직 말을 못하는 어린아이가 노느라고 혼자 입속말로 소리를 내다. 웅얼거리다. 옹알옹알.

옹송옹송하다= 정신이 흐리어 무슨 생각이 나다가 말았다가 하다. 옹송망송하다.

옹송그리다= 궁상스럽게 오그리다. 몸을 옹송그렸다. 웅숭그리다.

옹이눈= 퀭하고 쑥 들어간 눈. 볼 나위 없이 파이고 옹이눈이 되었다.

옹이 지다= 옹이가 생기어 있다. 마음에 응어리가 생기어 맺히다.

옹잘거리다= 마음속으로 불평 원망 탄식하는 바가 있어 입속으로 옹알거리다. 옹잘거리지 말고 말해봐. 웅절거리다. 옹잘옹잘.

옹종망종하다= 몹시 오종종하다.

옹종하다= 마음이 좁고 모양이 오종종하다. 옹하다.

옹춘마니= 소견이 좁고 오그라진 사람. 옹망추니.

와그작거리다= 시끄럽게 복작거리다. 와그작거리는 시장 바닥.

와글거리다= 많은 사람이나 벌레 등이 모이어 붐비게 잇따라 북적거리다. 적은 물이 넓은 곳에서 야단스럽게 소리를 내며 끓다. 워글거리다. 국이 와글와글 끓는다. 사람들이 와글와글 떠든다.

와당탕= 널빤지 위에 부딪쳐 요란하게 울리는 소리. 우당탕.

와락= 급히 냅뜨거나 대들거나 잡아당기는 모양. 개가 와락 덤벼들다.

와삭= 가랑잎 같은 바짝 마른 얇고 가벼운 물건이 서로 스치거나 부서질때 나는 소리.

와송주= 누운 소나무를 파고 술을 빚어 넣은 후에 뚜껑을 덮어서 열흘쯤 두었다가 꺼낸 술. 臥松酒

와스스= 가랑잎이 요란스럽게 흔들리거나 떨어지는 소리. 가벼운 물건이 요란스럽게 무너져 헤지는 소리.

와짝= 한꺼번에 나아가거나 또는 늘거나 주는 모양. 하룻밤 사이에 와짝 추워졌다. 와짝 늙었다. 바짝.

왁시글거리다= 많은 사람이나 동물이 들끓어 붐비며 복잡하게 움직이다. 왁시글덕시글. 왁실거리다. 왁실덕실.

왁자그르르= 여럿이 한데 모여 시끄럽게 웃고 떠드는 모양이나 소리. 왁자그르르 웃어대다. 소문이 퍼져 갑자기 시끄러운 모양. 왜자하다.

왁자지껄하다= 여러 사람이 모이어 정신이 어지럽도록 소리를 높이어 지껄이다. 떠드는 소리가 왁자지껄하다.

왈가닥= 성질이 덜렁덜렁하며 수선스럽게 구는 여자.

왈강달강= 여러 개의 작고 단단한 물건이 어수선하게 서로 부딪는 소리.

왈왈= 물이 빠르게 많이 흐르는 모양.

왈캉달캉= 여러 개의 작고 단단한 물건이 어수선하게 서로 부딪는 소리.

왜골= 허우대가 크고 언행이 얌전하지 아니한 사람.

왜뚤삐뚤= 전후좌우로 삐뚤어진 모양.

왜왜= 바람이나 호각 같은 것이 새되게 들려오는 소리.

왜죽왜죽= 손을 되바라지게 흔들며 걸어가는 모양. 웨죽웨죽.

왱그랑거리다= 풍경이나 말방울 같은 것이 요란스럽게 흔들리며 연해 소리가 나다. 또 그런 소리를 연하여 나게 하다.

왱그랑댕그랑= 풍경이나 말방울 같은 것이 요란하게 흔들리며 나는 쇳소리.

외곬= 한 곳으로만 통한 길. 외곬으로 공부해야 성공한다.

외길목= 여러 갈래의 길이 노이어 한 군데로 빠지게 된 목.

외돌다= 남과 어울리지 않고 외돌토리로만 배돌다.

외돌토리= 의지할 데도 없고 매인데도 없는 홀몸. 의지가없는 외돌토리. 외톨.

욜랑욜랑= 가볍게 움직이는 모양. 조그만 것이 욜랑욜랑 잘도 걷는다. 촐싹거리는 모양.

외딸다= 홀로 떨어져 있다. 다른 잇닿은 것이 없다.

우람하다= 큰 것이 모양이 웅장하여 위엄이 있다. 愚濫

우럭우럭= 불기운이 세게 일어나는 모양. 주기가 얼굴에 나타나는 모양. 병이 점점 더해가는 모양.

우렁우렁= 소리가 아주 크게 울리는 모양.

우렁차다= 소리가 크고 힘차다. 우렁찬 외침.

우부룩하다= 많은 풀이나 나무 등이 한데 뭉치어 더부룩하다. 오보록하다. 우북하다.

우북수북= 우북하고 수북한 모양. 오복소복.

우세= 남에게 받은 비웃음. 남에게서 비웃음을 받을 만하다. 우세스레.

우셋거리= 우세를 당할만한 거리. 한다는 짓이 밤낮 남의 우셋거리다.

우스개= 남을 웃기려고 하는 짓이나 말. 우수개로 얘기한 거요.

우스갯소리= 맘을 웃기기 위한 악의 없는 말.

우썩= 단번에 거침없이 자꾸 나아가거나 갑자기 늘어나거나 줄어가는
모양. 부쩍. 우쩍. 버쩍. 우썩우썩.

우악= 무리하고 포악함. 미련하고 불량함. 愚惡. 우악스럽다.

우연만하다= 그대로 쓸 만하다. 우연만하거든 그대로 입어라. 그저 그
만하다. 웬만하다.

우줄거리다= 몸이 큰 사람이나 짐승이 온 몸을 율동적으로 멋있게 자
꾸 움직이다. 한 줄기 물은 계룡산을 바라보면서 우줄거리고 부여
로... 우쭐거리다. 오줄거리다.

우쩍= 단번에 거침없이 줄기차게 나아가거나 또는 갑자기 늘어가거나
줄어드는 모양. 버쩍. 부쩍. 와짝.

우쭐거리다= 온 몸이 율동적으로 멋있게 움직이다. 또는 몸을 멋있게
움직이다. 우쭐하다.

우짖다= 울며 부르짖다. 울부짖다. 울어 지저귀다.

韻밟다= 다른 사람이 지어놓은 한시에 화답하다. 또 다른 사람이 지은
한 시의 운을 따라서 한시를 짓다. 남의 행동을 따라서 그와 같이
하거나 본받아 비슷하게 함을 이르는 말.

운봉= 여름 날 산봉우리와 같이 피어오르는 구름. 머리 위에 구름이 떠
있는 산봉우리.

울력다짐= 여럿이 힘을 합하여 그 기세로 일을 해 치우는 행동.

울먹줄먹= 큰 덩어리가 여러 개 고르지 않게 벌여 있는 모양. 올막졸
막. 큰 덩어리가 여러 개 고르지 않고 빽빽하게 벌여 있는 모양. 올

목 졸목.

울부짖다= 울며 부르짖다. 우짖다. 울부짖는 아우성소리.

울어 예다= 울고 가다. 기러기 울어 예는 하늘 구만리.

움누이= 시집 간 누이가 죽고 다시 장가 든 매부의 후실.

움딸= 시집 간 딸이 죽은 뒤에 다시 장가든 사위의 후실.

움씨= 먼저 뿌린 씨가 잘 나지 않을 때 다시 덧 붙여 뿌리는 씨.

웃비= 아직 우기가 있는데 좍좍 내리다가 그친 비. 웃비걷다. 오던 비
가 걷다. 웃비걷자 해가 반짝인다.

웃아귀= 엄지손가락과 둘째손가락의 뿌리가 서로 닿은 곳.

웃음엣 짓= 웃느라고 하는 짓.

웅숭깊다= 도량이 크고 넓다. 물건이 되바라지지 않고 깊숙하다. 험악
한 석벽 틈에 맑은 물은 웅숭깊이 충충 괴었고.

유난= 여러 가지로 생각하느라고 당장에 처리하지 아니함. 유난을 떨고
오래 끌다. 언행이 남과 달라서 추축할 수 없음. 성질이 유난해서
걱정이다. 보통과 아주 다름. 머리가 유난히 큰 아이.

육필= 당자가 직접 손으로 쓴 글씨. 正筆. 肉筆의 원고.

유방운= 구름의 바닥에 많은 유방 모양의 돌기가 매달려 있는 것처럼
보이는 구름. 乳房雲. 積亂雲. 層積雲.

육하원칙= 누가 무엇을 언제 어디서 왜 어떻게 를 일컫는 말. 六何原
則.

윤필= 붓을 적신다는 뜻. 시문을 쓰고 서화를 그림. 潤筆

윤필료= 서화 문장을 쓴 보수. 揮毫料. 潤筆料

으슥하다= 깊숙하고 안온하다. 으슥한 골짜기에 있는 암자. 아늑하다.

으등그러지다= 말라서 비틀어지다. 날씨가 점점 찌푸려 궂은 듯 궂은
듯 하여지다. 아등그러지다.

으뜸뿌리= 主根.

으르다= 상대자를 말이나 행동으로 겁을 먹도록 위협하다. 으르대다.

으르르= 춥고 으스스할 때나 위협을 받을 때에 몸이 몹시 떨리는 모양. 봄비 치고는 철이 좀 이른 것 같아서 또 다시 으르르 얼어붙으면

으름= 으름덩굴의 열매. 燕覆子. 林下夫人.

으스름달밤= 으슴푸레한 달빛의 밤. 달빛이 으슴푸레하다.

으슥하다= 무서운 느낌이 들만큼 구석지고 고요하다. 으슥한 골목길. 몹시 조용하다.

으슬으슬= 소름이 끼칠 듯이 연해 차가운 느낌이 드는 모양. 날씨가 으슬으슬 춥다. 아슬아슬. 오슬오슬.

으슴푸레하다= 달빛이 침침하고 흐릿하다.

윽박다= 억지로 몹시 짓누르다.

윽박지르다= 윽박아 기를 꺾다. 되게 윽박지르다.

은근= 태도가 겸손하고 정중함. 은근한 태도. 은밀하게 정이 깊음. 정성되고 다정함. 은근한 사이. 전하여 음흉스럽고 은밀함. 은근히 골려 주다. 은근히 반대하다.

은근짜= 몰래 정조를 파는 여자. 隱君子. 은근짜 집. 의뭉스러운 사람을 이르는 말.

을씨년스럽다= 남이 보기에 퍽 쓸쓸하다. 살림이 매우 군색하다.

음충하다= 마음이 검고 내흉스럽고 불량하다. 음충맞다

음흉스럽다= 마음씨가 음침하고 흉악한 태도가 있다.

응석= 어른에게 사랑을 믿고 어려워하는 기색이 없이 버릇없게 구는 언행. 응석받이. 응석둥이.

의기소침= 의기가 쇠하여 사그라짐. 의기저상.

의기양양= 득의한 마음이 얼굴에 나타나는 모양. 득의양양.

의기투합= 의기상투. 마음이 서로 맞음.

의리= 사람으로서 행하여야 할 옳은 길. 신의를 지켜야 할 교제상의 도리. 의리를 모르는 사람.

의뭉= 겉으로는 어리석은 것 같으면서도 마음속은 엉큼함. 응흉스러운 마음. 의뭉하다. 의뭉스럽다.

의젓잖다= 의젓하지 못하다. 의젓잖은 며느리가... 못난 자가 미운 짓만 하느라고 남의 놀랄 짓을 한다. 의젓잖이. <의젓하다>

의지가지없다= 조금도 의탁할 곳이 없다. 사고무친이다. 의지가지없는 사람. 의지가지없는 이역 수만리 타국에서.

익죽거리다= 지저분한 말을 능청맞게 지껄이다. 농탕치듯 이기죽거리다. 야기죽거리다. 이죽거리다.

이냥= 이대로 내처. 이 현상 그대로. 이냥 살 수는 없다. 요냥. 고냥. 조냥. 저냥. 이냥저냥. 요냥조냥.

이골= 아주 길이 들어서 몸에 푹 밴 버릇. 이골이 나다.

이드르르= 번들번들 윤기가 도는 모양. 잘 먹어서 이드르르한 얼굴. 야드르르. 이들이들. 야들야들.

이듬= 명사 위에 붙어서 다음의 뜻을 나타내는 말. 이듬해.

이듬달= 바로 다음 달. 翌月

이러구러= 우연히 이러하게 되어. 세월이 이럭저럭 지나는 모양. 이러구러 10년이 지났구려.

이렁저렁= 이런 모양과 저런 모양으로. 여름철도 이렁저렁 다 넘겼다. 요렁조렁. 그렁저렁.

이리쿵저리쿵= 이리 하자는 둥 저리하자는 둥. 이리쿵저리쿵 이론이 많다. 요리쿵조리쿵.

이마마하다= 이만한 정도에 이르다. 요만하다.

이마적= 이제로부터 지나간 얼마 동안의 가까운 때. 間者. 近者. 요마
적.

이물스럽다= 성질이 음험하여 속을 헤아리기 어렵다.

이바지= 도움이 되게 함. 공헌함. 이바지한 공로. 힘 들여 음식 같은
것을 보내어 줌. 물건을 갖추어 바라지 함.

이 박기= 上元 날에 이를 건강히 하고자 부럼을 씹는 일.

이선주= 소주에 용안육 계피 꿀을 넣어 만든 술. 二仙酒

이슥하다= 밤이 한참 깊다. 이슥토록 이야기꽃을 피우고 있다.

이슬아침= 내린 이슬이 아직 마르지 아니한 이른 아침. 이슬 내린 아
침. 이슬아침의 오솔길.

이승잠= 이 세상에서 자는 잠이라는 뜻으로 병중에 정신없이 계속해서
자는 잠을 말함.

이울다= 꽃이나 잎이 시들다. 꽃도 이울고 잎마저 누렁누렁해 왔다. 점
차로 쇠약하여지다. 기운이 이울다.

이악하다= 이욕에만 마음이 있다.

이지다= 몸이 차차 발육하다. 물고기 닭 되지 등 짐승이 살 쪄서 기름
지다.

이윽하다= 지난 시간이 꽤 오래다. 이슥하다. 이윽히.

이지러지다= 한 귀퉁이가 떨어지다. 이지러진 조각달. 한 쪽이 차지
않다. 야지러지다.

익사기다= 야속하고 억울한 생각이나 분한 마음을 눌러 삭이다. 치밀
어 오르는 분을 익사이다.

일긋하다= 한 쪽으로 조금 쏠리어 비뚤어지다. 얄긋하다.

일껏= 모처럼 애써서. 일찍이 오는 더위. <늦더위>

일되다= 초목이 일찍 익다. 올되다. 벼가 일되다. 사람이 숙성하게 자라다. <늦되다>

일매지다= 죄다 가지런하다. 모두가 고르고 비슷하다.

일발= 일을 한 보람. 일이 되어가는 기운. 일발이 나다. 일발을 돋우다.

일석= 한 시대 옛날. 보통 10년을 一昔이라고 말함. 一昔

일소백미= 한번 웃으면 백가지 애교가 넘침. 애교가 넘침의 형용. 一笑百媚

일언거사= 무슨 일이든지 한마디씩 참견하지 아니하면 마음이 놓이지 아니하는 사람. 곧 말참견을 썩 좋아하는 사람. 一言居士

입맷거리= 겨우 허기나 면할 정도의 술이나 밥. 입맷상.

잇바디= 이가 죽 박힌 열의 생김새. 齒列. 잇바디가 곱다.

자드락= 나지막한 산기슭의 경사진 땅.

자드락 길= 자드락에 있는 좁은 길. 자드락 밭.

자란자란= 액체가 넘칠락 말락 하는 모양. 잔에 술을 자란자란 붓다. 물건의 한 끝이 다른 물건에 스칠락 말락 하는 모양. 차란차란.

자르랑= 엷은 쇠붙이 같은 것이 떨쳐 울리는 소리. 짜르랑.

자리다= 살이나 뼈마디가 오래 피가 잘 돌지 못하여 힘이 없고 감각이 없다. 저리다.

자리자리= 몹시 자린 모양. 몸이 자리자리 쑤시다. 자릿자릿 하다.

자린고비= 다라울 정도로 인색한 사람을 꼬집어 이르는 말.

자릿내= 더러운 빨래가 오래 되어 떠서 나는 쉰 냄새.

자릿조반= 아침에 일어나는 대로 그 자리에서 먹는 죽이나 미음 등의 간단한 식사.

자맥질= 무자맥질.

자못= 생각보다 매우. 퍽. 그 일은 자못 어렵다.

자박 령= 비명횡사하여 저승길도 가지 못하고 배회하는 원귀.

자발없다= 참을성이 없고 행동이 경솔하다.

자별 스럽다= 친분이 특별히 가까운 듯하다. 부부는 그 어느 날보다도
자별 스럽게 머리를 모고...

자별하다= 저절로 서로 다르다. 친분이 남보다 특별하다. 자별하게 지
내다. 가장 자별한 사이... 自別

자부락거리다= 실없이 장난삼아 가만히 있는 사람을 자꾸 건드려 괴
롭히다. 자부락거려 싸움을 걸다. 자부럭거리다. 자부락자부락

자분거리다= 공연한 사람을 잦단 언행으로 연해 성가시게 굴다.

자분거리다= 약간 짓궂은 말이나 행동으로 맘을 성가시게 하다. 지분
거리다. 지분지분.

자분자분= 성질이 온순하고 침착한 모양. 자분자분 일을 잘한다. 부드
러운 물건이 씹히는 모양. 저분저분.

자비스럽다= 사랑하고 가엽게 여기는 마음이 깊다.

자살 궂다= 성미나 하는 짓이 잘고 곰상 궂다. 자살 궂은 사람.

자우룩하다= 연기나 안개 같은 것이 잔뜩 끼어 몹시 흐리고 고요하다.

자지러지다= 놀라서 몸이 움츠러지다. 자지러지게 놀라다. 치는 장단
등이 빨라서 잦아지다. 웃음소리나 울음소리, 치는 장단 등이 빨라
서 잦아지다. 강아지가 자지러지는 소리로 한참 동안 울어댔다.

자축거리다= 다리에 힘이 없어 잘똑거리다. 자춤거리다.

자칫거리다= 걸음발타는 젖먹이가 몇 걸음씩 걷다.

작벼리= 물가의 모래나 돌들이 섞인 곳.

작소머리= 손질을 안 해서 봉두난발이 된 머리.

작히나= 여북이나. 오죽이나. 합격하면 작히나 좋으랴.

잔달음= 발을 좁게 자주 떼어놓으면서 바삐 뛰는 걸음. 잔달음질 치다.

잔망= 체질이 몹시 잔약하고 행동이 경망함. **孱妄**. 잔망스럽다.

잔물잔물= 눈가나 살가죽이 짓무르는 모양. 진물진물.

잔밉다= 몹시 얄밉다. 잔밉고 얄밉다.

잔주= 술이 취하여 늘어놓는 잔 말.

잔풀내기= 한때 조그맣게 출세하여 호기를 부리며 꺼떡거리는 사람.

잘겁하다= 뜻밖에 몹시 놀라다. 하찮은 일에 잘겁해서 도망치다. 질겁하다.

잠잖다= 몸가짐이 정중하다. 품격이 야하지 않고 고상하다. 점잖다.

잡도리= 잘못되지 않도록 단단히 주의하여 다룸. 단단히 잡도리를 하다.

잡치다= 일을 잘못하여 그르치다. 일을 잡치다. 못쓰게 만들다. 기분을 상하다. 기분을 잡치다. 잡다.

잡힐손= 무슨 일에든지 쓰일 모가 있는 才幹. 재간 있는 사람.

장돌림= 장돌뱅이. 각 처의 장으로 돌아다니며 물건을 파는 장수.

잦뜨리다= 힘을 들여 뒤로 잦히다. 고개를 잦뜨리다.

재간둥이= 기린아. 麒麟兒

재골= 재주가 있게 생긴 골상. 또 그러한 사람. 才骨로 생기다.

재넘이= 산으로부터 내리 부는 바람. 山風.

재사= 재주 있는 생각. 재치 있게 계책을 세우는 생각. 才思. 才情. 재사스럽다.

재자가인= 재주 있는 젊은 남자와 아름다운 여자. 才子佳人.

저녁나절= 저녁 끼니를 먹기 전의 반나절. <아침나절>

저뭇하다= 날이 저물어 어스레하다. 날이 저물어가다. 날이 저뭇하다.

저승꽃= 검버섯. 脂漏角化症의 속된 말. 저승꽃이 피었다.

저어하다= 두려워하다. 실례될까 저어하노라.

젓국수란= 쇠고기나 파를 젓국에 썰어 넣어 끓이다가 달걀을 넣어 반
쯤 익힌 반찬. 醢汁水卵.

정갈하다= 모양이나 옷 따위가 정하고 깨끗하다. 정갈스럽다.

정결스럽다= 깨끗하고 조용한 느낌이 있다. 精潔

정나미= 사물에 대한 애착의 情. 정나미가 떨어지다.

젖꽃판= 젖꼭지가 붙어있는 둘레의 거뭇하고 둥그런 자리. 乳輪

젠체하다= 제가 제일인 체하다. 잘난 체하다.

조랑조랑= 한 나무에 잔 열매가 아주 많이 열리어 있는 모양. 한 사람
에게 여러 사람이 딸려있는 모양. 주렁주렁. 어린 사람이 똑똑하게
말을 하거나 글을 읽는 모양.

조맛증= 조마조마 애가 타는 증세.

조바심= 조마조마하여 마음에 불안을 느낌. 떨어질까 못내 조바심하다.

조쌀하다= 노인의 얼굴이 깨끗하고 조촐하다. 조쌀스레.

조잔부리= 때를 가리지 아니하고 군음식을 자꾸 먹는 입버릇. 주전부
리.

졸가리= 잎이 다 떨어진 가지. 지저분한 것은 다 떼어놓은 나머지의
골자. 줄거리.

조천고창= 새벽에 수탉이 홰를 치는 것을 그린 그림. 朝天高唱

존존하다= 피륙의 발이 고르고 곱다. 쫀쫀하다.

졸망졸망= 거죽이 울퉁불퉁하게 생긴 모양. 자질구레한 것이 많이 모
여 보기에 사랑스러운 모양. 애들이 졸망졸망 모여 있다.

죽살이치다= 죽음과 삶. 죽고 사는 일을 다투는 고생. 어떤 일에 죽을
힘을 모질게 쓰다. 죽살치다.

중뿔나다= 관계가 없는 사람이 곁에서 불쑥 참견하며 나서다. 중뿔나
게 굴지 말게. 제가 중뿔나게 오지랖 넓은 척...

즈런즈런= 살림살이가 넉넉한 상태.

지나새나= 밤낮의 구별이 없이. 항상. 자나 깨나.

지닐재주= 한번 듣거나 보거나 한 것을 잊어버리지 아니하고 오래 지니는 재주. 지닐총. 월재주. 월총.

지돌이= 험한 산길에서 바위 같은 것에 등을 대고 겨우 돌아가게 된 곳. 지돌잇길. <안도리>

지런지런= 액체가 그릇의 전 까지 차올라 남실남실한 모양. 洑에 물이 지런지런 차 있다. 물건의 한 끝이 다른 것에 닿을락 말락 스치는 모양. 치맛자락이 복도에 지런지런 끌리다. 치런치런. 자란자란.

지르감다= 눈을 찌그리어 감다.

지르밟다= 내리 눌러서 밟다. 도깨비의 목을 지르밟은 신상.

지르잡다= 옷 같은 것에 더러운 것이 묻었을 때에 그 부분만을 걷어잡고 빨다.

지살= 지덕을 입지 못한 그 터에서 생긴 언짢은 일. 地煞.<地德>

지덕= 집터의 발복하는 기운. 地德

지새는 달= 먼동이 튼 뒤에 서쪽하늘에 지고 있는 달. 보름 무렵의 달.

지새다= 달이 지며 밤이 새다.

지새우다= 밤을 고스란히 새우다. 하룻밤을 한숨으로 지새우다.

지저깨비= 나무를 깎거나 다듬을 때에 생기는 잔 조각. 木札

지짐거리다= 비가 오다 멎었다 하며 자주 오다.

지척거리다= 몹시 지쳐서 기운 없이 걷다. 힘없이 끌면서 억지로 걷다. 지척지척.

지청구= 까닭 없이 남을 탓하고 원망하는 짓. 그자와 지청구를 주고받아 봤자 남우세스러울 뿐.

지피다= 사람에게 신의 령이 통하여 모든 것을 알게 되다.

진탕= 한껏 흐무러지게. 실증이 날 만큼 풍부하게. 술을 진탕 먹이다. 진탕 놀다. 진탕만탕.

질겁하다= 숨이 막히듯 깜짝 놀라다. 질겁하고 달아나다.

질금= 액체가 조금 쏟아지다 그치는 모양. 눈물을 조금 흘리는 모양. 비가 조금 내리다가 그치는 모양. 잘금. 찔끔. 짤끔짤끔.

질러가다= 지름길로 가다. <질러오다>

질 밟다= 흙에 물을 붓고 밟아 이기다.

질번질번하다= 보기에 살림살이가 넉넉하다. 음식이 질번질번하고..

질탕= 놀음놀이 같은 것이 지나쳐서 방탕에 가까움. 질탕하게 놀다.

짐짐하다= 음식이 찝찔하기만 하고 아무 맛이 없다. 마음이 조금 꺼림하다. 짐한하다.

짐짓= 마음은 그렇지 않으나 일부러 그렇게. 고의로. 마음은 간절했으나 짐짓 뿌리쳤다. 짐짓 모른체하다.

집게뼘= 엄지손가락과 집게손가락을 벌린 길이. 집뼘.

짓나다= 흥겨워 멋을 부리다. 한창 신명이 나서 까불다.

징건하다= 먹은 것이 잘 삭지 않고 그득한 느낌이 있다. 아침에 가리를 많이 먹었더니 속이 징건해서 점심을 먹고 싶은 생각이 없소. **짓싸대다**= 마구 싸대다. 거리를 짓싸대고 다니다.

징검징검= 띄엄띄엄 징거서 꿰매는 모양. 발을 멀찍멀찍 띄며 걷는 모양. 증검증검.

짙푸르다= 빛깔이 짙게 푸르다. 짙푸른 하늘.

짝 짜그르르하다= 소문이 널리 퍼져서 떠들썩하다.

추적거리다= 비나 진눈개비가 축축이 자꾸 내리다. 물기가 축축하게 자꾸 젖어들다. 추적추적. 추적추적 비가 내리다.

출중나다= 뭇사람 속에서 뛰어나 유별나다.

춤사위= 민속춤에서 춤의 사위. 곧 춤의 동작의 최소단위로서의 기본
이 되는 낱낱의 일정한 움직임.

흡흡하다= 다랍고 염치가 없다. 돈에 흡흡하다.

치렁하다= 드리운 물건이 땅에 닿을 만큼 부드럽게 늘어져 있다. 버들
가지가 치렁거리다. 치렁치렁.

치를 떨다= 매우 인색스러워서 내 놓기를 꺼리다. 몹시 분을 내어 이
를 떨다. 분하여 齒를 떨다. 齒떨다.

치받이= 비탈진 곳의 올라가게 된 방향. <내리받이>

치받치다= 불길 연기 등이 세게 쏟아져서 오르다. 불길이 치받치다. 밑
을 버티어 위로 치밀다. 장미를 막대로 치받치다.

치사스럽다= 떳떳하지 못하여 남부끄럽다. 보기에 치사한 데가 있다.
치사스럽게 굴다. 恥事

치살리다= 지나치게 추어주다.

치성터= 치성을 드리는 장소. 致誠

치신= 처신의 낮춤말.

친친하다= 축축하고도 끈끈하여 불쾌한 느낌이 있다. 하초가 친친하다.
칠럼거리다= 많은 물이 움직이는 대로 조금씩 넘쳐흐르다. 찰람거
리다.

칠석물= 칠석날에 오는 비.

칠석물 지다= 칠석날에 비가 와서 큰물이 지다.

칼바람= 칼끝으로 호비는 듯한 몹시 차고 매운바람.

타달거리다= 지친 몸을 이끌고 무거운 발걸음으로 힘없이 걷다.

타발거리다= 힘이 빠진 걸음걸이로 늘찌렁늘찌렁 걷다.

타분하다= 생선 고기 등이 약간 상하여 신선한 맛이 없다. 고리타분하

다. 터분하다.

털레털레= 홀가분한 차림으로 무겁게 다리를 끌며 건드렁 건드렁 걷는 모양. 빈손으로 털레털레 돌아왔다.

텁수룩하다= 더부룩하게 많이 난 털 같은 것이 어수선하게 덮여있다.

투깔스럽다= 일이나 물건의 모양새가 투박스럽고 거칠다.

투두둑거리다= 우박 따위가 세차게 쏟아지는 소리가 나다.

툽상스럽다= 투박하고 상스럽다. 투상스럽다.

퉁바리맞다= 무엇을 말하다가 매몰스럽게 거절당하다. 퉁맞다.

튼실하다= 튼튼하고 실하다.

파근파근하다= 음식이 메지고 **빡빡**하여 타박타박한 느낌이 있다. 감자가 파근파근하다. 다리가 걸음마다 파근하다.

파근하다= 다리 힘이 지치어 팍팍하고 노지근하다. 파근히.

파드닥= 새나 물고기 같은 것이 요란스럽게 날개나 꼬리를 치는 소리. 퍼드덕. 파드닥거리다. 파드닥파드닥. 퍼드덕거리다.

파들거리다= 몸이 연해 파르르 떨리다. 또는 떨다. 바들거리다. 파들파들.

파뜩= 행동을 재빠르게 날세게 하는 모양. 무슨 생각이 빨리 뚜렷이 떠오르는 모양. 퍼뜩퍼뜩. 파뜩파뜩.

파릇파릇= 새뜻하게 점점이 파란 모양. 푸릇푸릇.

파시시= 부스스. 파시시 일어서 나가버린다.

판무식쟁이= 아주 무식한 사람. 判無識. 全無識.

판설다= 전체의 사정에 서투르다. 아주 서투르다. 그의 하는 일이 아무리 보아도 판설다. <판수익다> 전체의 사정에 익숙하다.

팔랑거리다= 바람에 날리어 가볍게 나부끼다. 팔랑팔랑. 꽃잎이 팔랑팔랑 날리어 떨어지다.

팡파짐하다= 불룩하게 가로 퍼지다. 펑퍼짐하다.

퍅하다= 성질이 몹시 좁고도 비꼬여 걸핏하면 성을 잘 내다. 팩하다.
퍅 하는 성질. 愎하다.

퍼벌하다= 외양을 꾸미지 아니하다. 外樣

포닥이다= 새 따위가 날개를 가볍고 빠르게 쳐서 소리를 내다. 물고기
따위가 꼬리를 쳐서 소리를 내다. 푸덕이다. 포닥거리다.

포달= 암상이 나서 악을 쓰고 함부로 주어 대는 말. 포달을 부리다.

푸닥거리= 무당이 간단하게 음식을 차려놓고 잡귀를 풀어먹이는 굿.

품바타령= 장타령을 후렴 귀를 따서 일컫는 말.

풋풋하다= 풋것처럼 푸르고 싱그럽다. 풋풋한 봄나물.

풋향기= 짙지 않으면서 싱그러운 향기.

하느작거리다= 가늘고 길고 부드러운 나뭇가지 같은 것이 계속하여
가볍고 멋있게 흔들리다. 하늘거리다. 하늘하늘.

하늬바람= 농가나 어촌에서 서풍을 이르는 말.

하늬쪽= 서쪽을 사공들이 이르는 말.

하리다= 기억력 사리판단 또는 하는 일이 똑똑하지 아니하다. 매우 아
둔하다. 흐리다.

하리망당하다= 오래 되어서 기억이 아름아름하다. 정신이 몽롱하다.
귀에 들리는 것이 희미하다. 흐리멍덩하다.

하야말쑥하다= 살빛이 탐스럽도록 매우 맑고 깨끗하다. 하야말갛다.

하리타분하다= 사물이 똑똑하지 못하여 하리고 타분하다. 성질이 하리
고 타분하다. 흐리터분하다.

하릴없다= 어떻게 할 도리가 없다. 무슨 말을 들어도 하릴없다. 조금도
틀림이 없다. 할 일 없다.

하염없다= 이렇다고 할 만한 아무 생각이 없다. 끝맺는 데가 없다.

하염없이= 하염없이 걸어가다. 하염없이 울다.

한뉘= 한 생전. 한 평생. 한 세상. 청춘의 몸으로 한뉘를 버리었다.

한다한= 훌륭하여 남이 우러러볼만한. 다 알아줄만한. 지체나 범절이 그럴듯한. 한다고 하는. 한다한 선비. 한다한 집안.

한댕거리다= 매달린 물건이 자주 가볍게 이리저리 흔들리다. 또 가볍게 이리저리 자꾸 흔들리게 하다.

한 밝 사상= 大一光明을 의미하는 한민족 고유의 사상. 한과 밝은 우리 민족사상의 온상이자 문화의 원천으로서 구실을 해내려온 것임.

할근거리다= 숨이 가빠서 몹시 할딱거리며 그르렁거리다.

할긋= 눈에 얼씬 보이는 모양. 작은 그림자는 할긋거리고는 사라졌다.

함초롬하다= 가지런하고 곱다. 차분하고 고르다. 털이 함초롬한 말. 함초롬히. 함초롬히 이마를 적시고 있는 송이 땀을 씻어주고...

함치르르= 깨끗하고도 윤이 반들반들 나는 모양. 함치르르 윤이 나는 머릿단. 함치르르 젖은...

해거름= 해가 서쪽으로 기울어질 때. 해가 거의 넘어갈 때. 해거름에야 돌아오다.

해걷이바람= 해질 무렵에 부는 바람. 하루해를 걷어가는 저녁바람.

해껏= 해가 질 때까지. 해가 있는 한. 해껏 기다려보자.

해낙낙하다= 마음이 기뻐 흐뭇한 느낌이 있다.

해득거리다= 맺힌데 없이 헤프고 싱겁게 연해 웃다. 히득거리다.

해들거리다= 웃음을 참지 못하고 연해 헤식게 웃다.

해롱거리다= 연해 버릇없이 까불다. 희롱거리다. 해롱해롱.

해말갛다= 빛깔이 희고 말갛다. 얼비치게 말갛다. 해말끔하다. 해맑다.

해말쑥하다= 빛깔이 희고 말쑥하다.

해발쪽= 입을 반쯤 열고 뱅긋 웃는 모양. 헤벌쭉.

헌칠하다= 키나 몸집이 크고 늘씬하다. 허우대가 헌칠하다.

헛헛하다= 속이 비어 배고픈 느낌이 있다. 몹시 출출해서 자꾸 먹고 싶다.

호리다= 유혹하다. 그럴듯한 말로 속여서 끌어내다. 매력으로 후리다.

호연지기= 하늘과 땅 사이에 넘치게 가득 찬 넓고도 큰 원기. 도의에 뿌리를 박고 공명정대하여 조금도 부끄러울 바 없는 도덕적 용기. 사물에서 해방되어 자유스럽고 유쾌한 마음. 浩然之氣. 浩氣.

훈감하다= 맛이 진하고 냄새가 좋다. 푸짐하고 호화롭다.

휘영청= 널리 골고루 비치어 밝은 모양. 휘영청 달이 밝다.

흐드러지다= 썩 탐스럽다. 흐무러지다.

흐리마리= 거취가 분명하지 못한 모양. 흐리마리한 대답. 생각이나 기억이 분명하지 아니한 모양. 기억이 흐리마리하다.

흔전거리다= 생활이 넉넉하여 아쉬움이 없이 잘 살아가다.

흔전만전= 아주 흔하고 넉넉한 모양. 돈이나 물건 등을 조금도 아끼지 않고 함부로 쓰는 모양. 흔전만전 돈을 쓰다.

흔전하다= 아주 넉넉하다. 모자람 없이 아주 흔하다.

흥청망청= 흥청거리며 마음껏 즐기는 모양. 흥청망청 놀고 마시다. 돈이나 물건 등을 함부로 쓰는 모양. 돈을 흥청망청 쓰다.

희떱다= 속은 텅텅 비어있어도 겉으로는 호화롭다. 한 푼 없어도 손이 크며 마음이 넓다.

詩苦를 덜어줄 名詩佳句選

初版 發行　2011年 6月 25日
再版 發行　2012年 7月 30日

編　著　申載錫
住　所　京畿道 楊平郡 江上面 江南路921 현대성우@ 101-202
電　話　010-5445-7072

디자인　月刊 書藝文人畵 · (주)이화문화출판사
등록번호　제300-2001-138
주소　(우)110-053 서울시 종로구 내자동 167-2
전화　02-732-7096~7
FAX　02-738-9887
홈페이지 www.makebook.net

ISBN 978-89-8145-875-1 03810

값 10,000원